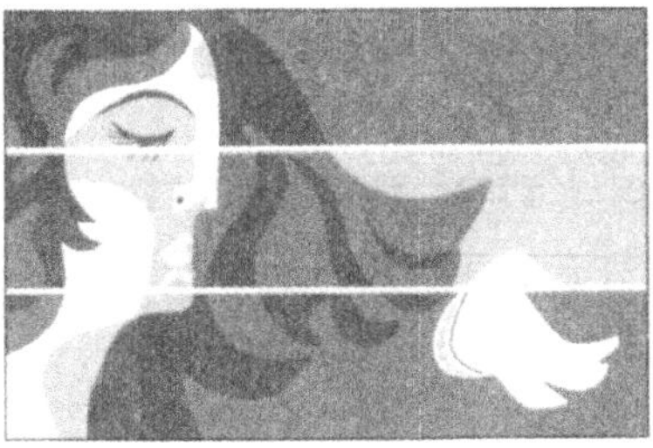

শঙ্খনীল কারাগার

Shonkhonil Karagar
Humayun Ahmed

ISHI PRESS
INTERNATIONAL

Shonkhonil Karagar
Humayun Ahmed

This Printing in June, 2016
by Ishi Press in New York and Tokyo

with a new introduction by Sam Sloan

ISBN 4-87187-260-2
978-4-87187-260-7

Ishi Press International
1664 Davidson Avenue, Suite 1B
Bronx NY 10453-7877
USA

samhsloan@gmail.com
1-917-659-3397
1-917-507-7226

Printed in the United States of America

Shonkhonil Karagar
by Humayun Ahmed
Introduction by Sam Sloan

Shonkhonil Karagar (Bengali: শঙ্খনীল কারাগার) is a 1973 novel by Bangladeshi author Humayun Ahmed. It is also a book that was made into a popular movie in Bangladesh.

The book was made into the 1992 film with the same title, starring Zafar Iqbal, Champa, Doli Johur, Abul Hayat, Suborna Mustafa and Asaduzzaman Noor. It was filmed in 1992 in Dhaka, Bangladesh.

Humayun Ahmed was born on 13 November 1948 in Kutubpur, Mymensingh. He was a Bangladeshi writer, dramatist, screenwriter and filmmaker. His father was was killed during the Bangladesh Liberation War in 1971. Ahmed got his breakthrough with his debut novel Nondito Noroke in 1972. He wrote over 200 fiction and non-fiction books, all of which were bestsellers in Bangladesh. Ahmed's writing style is characterized as magical realism. Ahmed's books were the top sellers at the Ekushey Book Fair during the 1990s and 2000s. He won the Bangla Academy Award and the Ekushey Padak award for his contribution to Bengali literature.

In the early 1990s, Ahmed emerged as a filmmaker. He went on to make a total of 8 films - all based on his own novels. He received six Bangladesh National Film Awards in different categories for the films Daruchini Dwip, Aguner Poroshmoni and Ghetuputra Komola.

Introduction by Sam Sloan

Ahmed studied in Chittagong Collegiate School. He eventually passed his SSC examination from Bogra Zilla School in 1967 and was listed as second in merit on the Rajshahi Education Board. He passed his HSC examination from Dhaka College in 1969. Then he attended University of Dhaka and graduated with a Bachelor of Science in Chemistry and later with a Master of Science degree.

After his graduation, he worked as a lecturer at Bangladesh Agricultural University for six months before joining Dhaka College to teach Chemistry. Soon after, he went to the United States to earn his Ph.D. in Polymer Chemistry from North Dakota State University.

Ahmed's debut novel Nondito Noroke was published in 1972 while he was still a university student. From the very first novel, he brought into play the aspirations of average middle-class urban families and portrayed the quintessential moments of their lives. His second novel was Shonkhonil Karagar.

Ahmed's novels featured some book series with recurring characters like Himu (15 novels), Misir Ali (10 novels) and less frequent, Shubhro. He wrote several novels based on Bangladesh Liberation War – Aguner Poroshmoni, Srabon Megher Din and Jyotsna O Jononir Golpo. His romantic novels included Badol Diner Prothom Kodom Phool, Noboni, Aj Dupure Tomar Nimontran and Tumi Amai Dekechhile Chhutir Nimontrane.

Ahmed wrote four autobiographies - Hotel Graver Inn,

Introduction by Sam Sloan

Amar Chelebela, Rong Pencil and Fountain Pen.

Ahmed's first television drama was Prothom Prohor (1983), directed by Nawazesh Ali Khan. His first drama serial was Ei Shob Din Ratri (1985). It was followed by the comedy series Bohubrihi (1988), the historical drama series Ayomoy (1988), the urban drama series Kothao Keu Nei (1990), Nokkhotrer Raat (1996) and Aaj Robibar (1999). Besides, he made single episode dramas including Nimful notably.

Ahmed directed films based on his own stories. His first film, Aguner Poroshmoni, based on Bangladesh Liberation War, won the National Film Award in total eight categories, including the awards for Best Picture and Best Director. Another film Shyamal Chhaya was also based on the same war. His last directed film, Ghetuputra Kamola, was set in the colonial period. The story was about a teenage boy.

Shyamol Chhaya and Ghetuputra Kamola were selected as the Bangladeshi entry for the Academy Award for Best Foreign Language Film in 2006 and 2012 respectively, but were not nominated.

Ahmed also wrote songs for few of his own films and plays. Some of the notables are titled as Ami Aaj Bhejabo Chokh Somudrer Joley, Chadni Poshor Ratey and Amar Achey Jol.

Nobel laureate economist Muhammad Yunus assessed Ahmed's overall impact by saying "Humayun's works are the most profound and most fruitful that literature has experienced since the time of Tagore and Nazrul."

Introduction by Sam Sloan

Similarly, according to poet Al Mahmud, "one golden age of Bengali literature ended with Tagore and Nazrul and another began" with Ahmed. Writer Imdadul Haq Milon considered him to be "the almighty lord of Bengali literature, controlling all their actions and thoughts". Dawn, Pakistan's oldest and most widely read English-language newspaper, referred to him as the cultural legend of Bangladesh. Sunil Gangopadhyay described him as the most popular writer in the Bengali language for a century and according to him, Ahmed was even more popular than Sarat Chandra Chattopadhyay.

Ahmed had open heart surgery at Mount Elizabeth Hospital in Singapore. Few years later, during a routine checkup, the doctors found a cancerous tumor in his colon. On September 14, 2011, he was flown to Memorial Sloan–Kettering Cancer Center in New York City for treatment. During his stay in New York City, he wrote a novel, Deyal, on the life of the first President of Bangladesh Sheikh Mujibur Rahman. In January 2012, he was appointed as a senior special adviser of Bangladesh Mission to the United Nations.

He died on July 19, 2012 at 11.20 PM BST at Bellevue Hospital in New York City. After resolving a tension in his family over the selection of burial site, he was finally buried in his estate Nuhash Polli.

Sam Sloan
Bronx, New York
USA
June 1, 2016

'দিতে পার একশ' ফানুস এনে
আজন্ম সলজ্জ সাধ, একদিন আকাশে কিছু ফানুস উড়াই।'

প্রথম প্রকাশের ভূমিকা

সোমেন চন্দের লেখা অসাধারণ ছোটগল্প 'ইঁদুর' পড়ার পরই নিম্নমধ্যবিত্তদের নিয়ে গল্প লেখার একটা সুতীব্র ইচ্ছা হয়। 'নন্দিত নরকে', 'শঙ্খনীল কারাগার' ও 'মনসুবিজন' নামে তিনটি আলাদা গল্প প্রায় সঙ্গে সঙ্গেই লিখে ফেলি। নিজের উপর বিশ্বাসের অভাবের জন্যেই লেখাগুলি দীর্ঘদিন আড়ালে পড়ে থাকে। যাই হোক, জনাব আহমদ ছফা ও বন্ধু রফিক কায়সারের আগ্রহে 'নন্দিত নরকে' প্রকাশিত হয় মাস ছয়েক আগে। এবারে প্রকাশিত হলো 'শঙ্খনীল কারাগার।'

'নন্দিত নরকে'র সঙ্গে এই গল্পের কোনো মিল নেই। দু'টি গল্পই উত্তম পুরুষে বলা এবং নিম্নমধ্যবিত্তের গল্প, এই মিলটুকু ছাড়া। নামধাম দু'টি বইতেই প্রায় একই রেখেছি। প্রথমত নতুন নাম খুঁজে পাই নি বলে, দ্বিতীয়ত, এই নামগুলির প্রতি আমি ভয়ানক দুর্বল বলে। কার্যকারণ ছাড়াই যেমন কারো কারো কিছু কিছু দুর্বলতা থাকে, এও সেরকম।

আন্তরিক চেষ্টা থাকা সত্ত্বেও কিছু কিছু ছাপার ভুল রয়ে গেছে। ভুলগুলি অন্যমনস্ক পাঠকের চোখ এড়িয়ে যাবে, এইটুকুই যা ক্ষীণ আশা।

হুমায়ূন আহমেদ
বৈশাখ, ১৩৮০

বাস থেকে নেমে হকচকিয়ে গেলাম। বৃষ্টিতে ভেসে গেছে সব। রাস্তায় পানির ধারা-স্রোত। লোকজন চলাচল করছে না, লাইটপোস্টের বাতি নিবে আছে। অথচ দশ মিনিট আগেও যেখানে ছিলাম সেখানে বৃষ্টির নামগন্ধ নেই। শুকনো খটখট করছে চারদিক। কেমন অবাক লাগে ভাবতে, বৃষ্টি এসেছে, ঝুপ ঝুপ করে একটা ছোট্ট জায়গা ভিজিয়ে চলে গেছে। আর এতেই আশৈশব পরিচিত এ অঞ্চল কেমন ভৌতিক লাগছে। হাঁটতে গা ছম ছম করে।

রাত নয়টাও হয়নি, এর মধ্যেই রশীদের চায়ের স্টল বন্ধ হয়ে গেছে। মডার্ন লন্ড্রিও ঝাপ ফেলে দিয়েছে। একবার মনে হলো হয়তো আমার নিজের ঘড়িই বন্ধ হয়ে আছে, রাত বাড়ছে ঠিকই টের পাচ্ছি না। কানের কাছে ঘড়ি ধরতেই ঘড়ির আওয়াজ ছাপিয়ে মন্টুর গলা শোনা গেল।

রাস্তার পাশে নাপিতের যে সমস্ত ছোট ছোট টুল কাঠের বাক্স থাকে, তারই একটায় জড়োসড়ো হয়ে বসে আছে। আলো ছিল না বলেই এতক্ষণ নজরে পড়েনি। চমকে বললাম, মন্টু, কী হয়েছেরে ?

কিছু হয়নি।

স্পঞ্জের স্যান্ডেল হাতে নিয়ে মন্টু টুল বাক্স থেকে উঠে এলো। কাদায় পানিতে মাখামাখি। ধরা গলায় বলল, পা পিছলে পড়েছিলাম, স্যান্ডেলের ফিতে ছিঁড়ে গেছে।

এত রাতে বাইরে কী করছিলি ?

তোমার জন্যে বসেছিলাম, এত দেরি করেছ কেন ?

বাসায় কিছু হয়েছে মন্টু ?

না, কিছু হয়নি। মা আমাকে বাড়ি থেকে বের করে দিয়েছে, বলেছে ভিক্ষে করে খেতে।

মন্টু সার্টের লম্বা হাতায় চোখ মুছতে লাগল।

টুনুদের বাসায় ছিলাম, টুনুর মাস্টার এসেছে সে জন্যে এখানে বসে আছি।

কেউ নিতে আসেনি ?

রাবেয়া আপা এসে চার আনা পয়সা দিয়ে গিয়েছে, বলেছে তুমি আসলে তোমাকে নিয়ে বাসায় যেতে।

মন্টু আমার হাত ধরল। দশ বছরের একটা বাচ্চা ছেলে সন্ধ্যা থেকে বসে আছে বাইরে, এর ভেতর ঝড়-বৃষ্টি হয়েছে, বাতি-টাতি নিবিয়ে লোকজন ঘুমিয়েও পড়েছে। সমস্ত ব্যাপারটার ভেতরই বেশ খানিকটা নির্মমতা আছে। অথচ মাকে এ নিয়ে কিছুই বলা যাবে না। বাবা রাত দশটার দিকে ঘরে ফিরে যখন সব শুনবেন তখন তিনি আরো চুপ হয়ে যাবেন। মুখ কালো করে ঘুরে বেড়াবেন এবং একদিন ক্ষতিপূরণ হিসেবে চুপি চুপি হয়তো একটি সিনেমাও দেখিয়ে আনবেন।

দাদা, রুনুকেও মা তালাবন্ধ করে রেখেছে, ট্রাঙ্ক আছে যে ঘরটায় সেখানে।

রুনু কী করেছে?

আয়না ভেঙেছে।

আর তুই কী করেছিলি?

আমি কিছু করিনি।

ঝুনু বারান্দায় মোড়া পেতে চুপচাপ বসেছিল। আমাদের দেখে ধড়মড় করে উঠে দাঁড়াল।

দাদা, এত দেরি করলে কেন? যা খারাপ লাগছে।

কী হয়েছে ঝুনু?

কত কী হয়েছে, তুমি রাবেয়া আপাকে জিজ্ঞেস কর।

গলার শব্দ শুনে রাবেয়া বেরিয়ে এলো। চোখে ভয়ের ভাবভঙ্গি প্রকট হয়ে উঠেছে। চাপা গলায় বলল, মা'র ব্যাথা শুরু হয়েছেরে খোকা, বাবা তো এখনো আসল না, কী করি বল তো?

কখন থেকে?

আধঘণ্টাও হয়নি। মা'র কাছ থেকে চাবি এনে দরজা খুলে দেব রুনুর, সেই জন্যে গিয়েছি, দেখি এই অবস্থা।

ভেতরের ঘরে পা দিতেই রুনু ডাকল, ও দাদা শুনে যাও, মা'র কী হয়েছে দাদা?

কিছু হয়নি।

কাঁদছে কেন?

মা'র ছেলে হবে।

অ! দাদা তালাটা খুলে দাও, আমার ভয় লাগছে।

একটু দাঁড়া, রাবেয়া চাবি নিয়ে আসছে।

এখান থেকে মায়ের অস্পষ্ট কান্না শোনা যাচ্ছে। কিছু কিছু কান্না আছে যা শুনলেই কষ্টটা সম্বন্ধে শুধু যে একটা ধারণাই হয় তাই না, ঠিক সেই পরিমাণ কষ্ট নিজেরও হতে থাকে। আমার সেই ধরনের কষ্ট হতে থাকল।

রাবেয়া এসে রুনুর ঘরের তালা খুলে দিল। রাবেয়া বেচারি ভীষণ ভয় পেয়েছে।

তুই এত দেরি করলি খোকা, এখন কী করি বল ? ওভারশীয়ার কাকুর বউকে খবর দিয়েছি, তিনি ছেলেকে ঘুম পাড়িয়ে আসছেন। তুই সবাইকে নিয়ে খেতে আয়, শুধু ডালভাত। যা কাণ্ড সারাদিন ধরে, রাঁধব কখন ? মা'র মেজাজ এত খারাপ আগে হয়নি।

হড়বড় করে কথা শেষ করেই রাবেয়া রান্নাঘরে চলে গেল। কলঘরে যেতে হয় মা'র ঘরের সামনের বারান্দা দিয়ে। চুপি চুপি পা ফেলে যাচ্ছি, মা তীক্ষ্ণ গলায় ডাকলেন, খোকা!

কী মা ?

তোর বাবা এসেছে ?

না।

আয় ভেতরে, বাইরে দাঁড়িয়ে আছিস কেন ?

ব্যথাটা বোধহয় কমেছে। সহজভাবে নিঃশ্বাস নিচ্ছেন। মা'র মুখে বিন্দু বিন্দু ঘাম আর ফ্যাকাশে ঠোঁট ছাড়া অসুস্থতার আর কোনো লক্ষণ নেই।

খোকা, মন্টু এসেছে ?

এসেছে।

আর রুনুর ঘর খুলে দিয়েছে রাবেয়া ?

দিয়েছে।

যা, ওদের নিয়ে আয়।

রুনু, ঝুনু আর মন্টু জড়োসড়ো হয়ে দাঁড়াল সামনে। কিছুক্ষণ চুপ থেকেই মা বললেন, কাঁদছ কেন রুনু ?

কাঁদছি না তো।

বেশ, চোখ মুছে ফেল। ভাত খেয়েছ ?

না।

যাও, ভাত খেয়ে ঘুমাও গিয়ে।

মন্টু বলল, মা, আমি বাবার জন্যে রাস্তায় দাঁড়িয়ে থাকব?

না না। ঘুমাও গিয়ে। রুনুমা, কাঁদছ কেন তুমি?

কাঁদছি না তো।

আমার কিছু হয়নি, সবাই যাও ঘুমিয়ে পড়। যাও, যাও।

ঘর থেকে বেরিয়েই কেমন যেন খারাপ লাগতে লাগল আমার। আমাদের এই গরিব ঘর, বাবার অল্প মাইনের চাকরি, এর ভেতর মা যেন সম্পূর্ণ বেমানান।

বাবার সঙ্গে তার যখন বিয়ে হয়, তিনি তখন ইতিহাসে এমএ পরীক্ষা দেবেন। আর বাবা তাদের বাড়িরই আশ্রিত। গ্রামের কলেজ থেকে বিএ পাশ করে চাকরি খুঁজতে এসেছেন শহরে। তাঁদের কী যেন আত্মীয় হন।

বিয়ের পর এই বাড়িতে এসে ওঠেন দু'জন। মা'র পরীক্ষা দেয়া হয়নি। কিছু দিন কোনো এক স্কুলে মাস্টারি করেছেন। সেটি ছেড়ে দিয়ে ব্যাংকে কী একটা চাকরিও নেন। সে চাকরি ছেড়ে দেন আমার জন্মের পর পর। তারপর একে একে রুনু হলো, ঝুনু হলো, মন্টু হলো— মা গুটিয়ে গেলেন নিজের মধ্যে।

সব ছেড়ে ছুড়ে দিয়ে মা আমাদের গরিব ঘরে এসেছেন বলেই তাঁর সামান্য রূপের কিছু কিছু আমরা পেয়েছি। তাঁর আশৈশব লালিত রুচির কিছুটা (ক্ষুদ্র ভগ্নাংশ হলেও) সঞ্চারিত হয়েছে আমাদের মধ্যে। শুধু যার জন্যে তৃষিত হয়ে আছি সেই ভালোবাসা পাইনি কেউ। রাবেয়ার প্রতি একটি গাঢ় মমতা ছাড়া আমাদের কারো প্রতি তাঁর কোনো আকর্ষণ নেই। মা'র অনাদর খুব অল্প বয়সে টের পাওয়া যায়, যেমন আমি পেয়েছিলাম। রুনু-ঝুনুও নিশ্চয়ই পেয়েছে। অথচ আমরা সবাই মিলে মাকে কী ভালোই না বাসি।

উকিল সাহেবের বাসায় টেলিফোন আছে। সেখান থেকে ছোট খালার বাসায় টেলিফোন করলাম। ছোট খালা বাসায় ছিলেন না, ফোন ধরল কিটকি।

কী হয়েছে বললেন খোকা ভাই?

মা'র শরীর ভালো নেই।

কী হয়েছে খালার?

কী হয়েছে বলতে গিয়ে লজ্জায় মাথা কাটা যাচ্ছিল, এদিকে উকিল সাহেব আবার কানখান খাড়া করে শুনছেন কী বলছি। কোনোরকমে বললাম, মা'র ছেলে হবে কিটকি।

আপনাদের তো ভারী মজা, কতগুলি ভাইবোন। আমি একদম একা।

কিটকি, খালাকে সকাল হলেই বাসায় একবার আসতে বলবে।

হ্যাঁ বলব। আমিও আসব...।

মা'র বাড়ির লোকজনের ভেতর এই একটি মাত্র পরিবারের সঙ্গে আমাদের কিছুটা যোগাযোগ আছে। ছোট খালা আসেন মাঝে মাঝে। কিটকির জন্মদিন, পুতুলের বিয়ে এই জাতীয় উৎসবগুলিতে দাওয়াত হয় রুনু-ঝুনুর।

বাসায় ফিরে দেখি বাবা এসে গেছেন। ওভারশীয়ার কাকুর বউ এসেছেন, ধাই সুহাসিনিও এসেছে। রান্নাঘরে বাতি জ্বলছে। রাবেয়া ব্যস্ত হয়ে এঘর-ওঘর করছে। বাবা ভেতরের বারান্দায় ইজি চেয়ারে শুয়ে ঘনঘন সিগারেট খাচ্ছেন। আমাকে দেখে যেন একটু জোর পেলেন।

তোর ছোট খালাকে খবর দিয়েছিস খোকা ?

জি দিয়েছি। আপনি কখন এসেছেন ?

আমার একটু দেরি হয়ে গেল। তোর আজিজ খাঁকে মনে আছে ? ঘড়ির দোকান ছিল যে, আমার খুব বন্ধু মানুষ। সে হঠাৎ মারা গেছে। গিয়েছিলাম তার বাসায়।

বাবা যেন আমার কাছে কৈফিয়ৎ দিচ্ছেন, এমন ভাব-ভঙ্গি করতে লাগলেন।

আজিজ খাঁর বউ ঘনঘন ফিট হচ্ছে। একবার মনে করলাম থেকেই যাই। ভাগ্য ভালো থাকি নি, নিজের ঘরে এত বড় বিপদ।

বিপদ কিসের বাবা ?

না। বিপদ অবশ্যি নয়। কিন্তু রাতে এমন একটা বাজে স্বপ্ন দেখেছি। যতবারই মনে হয় হাত-পা ঠান্ডা হয়ে আসে। কিছুক্ষণ আগে রাবেয়াকে বলেছি সে কথা।

কী স্বপ্ন ?

না না, রাতেরবেলা কেউ স্বপ্ন বলে নাকিরে ? যা তুই, রাবেয়ার কাছে গিয়ে বস একটু।

ঘরে যদিও অনেকগুলি প্রাণী জেগে আছি তবু চারদিক খুব বেশি রকম নীরব। রান্নাঘরে দু'একটি বাসন-কোশন নাড়ার শব্দ ছাড়া আর কিছুই শোনা যাচ্ছে না। বাবা অবশ্যি মাঝে মাঝে বিড়বিড় করে কী যেন বলছেন। তাঁর একা একা কথা বলার অভ্যাস আছে। মাঝে মাঝে যখন মেজাজ খুব ভালো থাকে তখন গুনগুন করে গানও গান। কথা বোঝা যায় না, 'ও মন মনরে' এই লাইনটি অস্পষ্ট শোনা যায়। রাবেয়া বলে, 'বাবার নৈশ সঙ্গীত'। রাবেয়াটা এমন ফাজিল।

রান্নাঘরে গিয়ে দেখি একটা মস্ত এলুমিনিয়ামের সসপ্যানে পানি ফুটছে। রাবেয়ার ঘুম ঘুম ফোলা মুখে আগুনের লাল আঁচ এসে পড়েছে। সে আমার দিকে তাকিয়ে কী ভেবে অল্প হাসল। আমি বললাম, হাসছিস যে ?

এমনি। সুহাসিনি মাসির আমি কী নাম দিয়েছি জানিস ?

কী নাম ?

কুহাসিনি মাসি। ওর হাসি শুনলেই আমার গা জ্বলে। একটু আগে কী বলেছে জানিস ?

কী বলেছে ?

থাক, শুনে কাজ নেই।

বল না ?

বলে, আজ তোমার মা'র জন্যে এসেছি, একদিন তোমার জন্যেও আসব খুকি।

বলতে বলতে রাবেয়া মুখ নিচু করে হাসল। মনে হলো কথাটা বলে ফেলে সে বেশ লজ্জা পেয়েছে। হঠাৎ করে ব্যস্ত হয়ে কী খুঁজতে লাগল মিটসেফে।

আমি বললাম, তোর ভাবভঙ্গি দেখে তো মনে হচ্ছে বেশ খুশিই হয়েছিস শুনে।

তুই একটা গাধা।

লজ্জায় রাবেয়া লাল হয়ে উঠল। আমি অপ্রস্তুত হয়ে বললাম, লজ্জা পাওয়ার কী হয়েছে ?

যা! লজ্জা পেলাম কোথায়, তোর যে কথা! যাই, দেখে আসি রুনু ঝুনুরা মশারি ফেলে ঘুমিয়েছে কি না, যা মশা!

রাবেয়া আমার পাঁচ বৎসরের বড়। এই বয়সে মেয়েরা খুব বিয়ের কথা ভাবে। তাদের অন্তরঙ্গ সখীদের সাথে বিয়ে নিয়ে হাসাহাসি করে। রাবেয়ার একটি বন্ধুও নেই। আমিই তার একমাত্র বন্ধু। সুহাসিনি মাসির সে-কথাটি হয়তো এই জন্যেই বলেছিল আমাকে। আর আমি এমন গাধা তাকে উল্টো লজ্জা দিয়ে ফেললাম। মেয়েরা লজ্জা পেলে এত বেশি অপ্রস্তুত হয় যে, যে লজ্জা দিয়েছে তার অস্বস্তির সীমা থাকে না।

ঘরে খুব হৈ হৈ করে বেড়ালেও রাবেয়া ভীষণ লাজুক। কলেজে যাওয়া বন্ধ করার ব্যাপারটি ধরা যাক। তিন বছর আগে হঠাৎ একদিন এসে বলল, বাবা, আমি আর কলেজ করব না।

বাবা অবাক হয়ে বললেন, কেন মা ?

এমনি।

মা বললেন, রাবেয়া তোমাকে কি কেউ কিছু বলেছে ?

না মা, কেউ কিছু বলেনি।

কোনো চিঠি ফিটি দিয়েছে নাকি কোনো ছেলে ?

না মা। আমাকে চিঠি দেবে কেন ?

তবে কলেজে যাবে না কেন ?

এমনি।

না এমনি না, বলো তোমার কী হয়েছে ?

রাবেয়া হঠাৎ ফুপিয়ে কেঁদে উঠে বলল, মা, ছেলেরা আমাকে মা-কালী বলে ডাকে।

আমাদের ভেতর রাবেয়াই শুধু মা'র রং পায়নি। যতটুকু কালো হলে মায়েরা মেয়েদের শ্যামলা বলেন রাবেয়া তার চেয়েও কালো। কিন্তু ছেলেরা শুধু গায়ের রংটাই দেখল।

ও ছেলে!

তাকিয়ে দেখি সুহাসিনি মাসি, ধবধব করছে গায়ের রং, ফোলা ফোলা চোখে এক বেমানান চশমা। আমি উঠে দাঁড়ালাম।

খামাখা তোমার বাবা আমার ঘুম ভাঙিয়ে এনেছে, এখনো অনেক দেরি। ন'টার আগে নয়।

আমি চুপ করে রইলাম। সুহাসিনি মাসি বললেন, মেয়েটি কই ? লম্বামতো মেয়েটি ?

আসবে এক্ষুণি, কেন ?

এক কাপ চা করে দিতে বলতাম। এই যে ও খুকি, মাসিকে চা করে দাও না এক কাপ।

রাবেয়া হাসি মুখে বলল, দেই, আপনি বসবেন এখানে ?

না, আমি একটু শোব ভেতরের ইজি চেয়ারে।

রাবেয়া তাকাল আমার চোখে চোখে, তোর লাগবে না কি এক কাপ ?

দে।

তাহলে পাঁচ কাপ দি। বাবাকে এক কাপ, আমার নিজের দু'কাপ।

রাবেয়া চায়ের সরঞ্জাম সাজাতে লাগল। অভ্যস্ত নিপুণ হাত, দেখতে ভালো লাগে। আমি বললাম, মাসির বয়স কত রে ?

অনেক। আমি ছাড়া সবই তো তাঁর হাতে। দেখলে মনে হয় না, তাই না ?

হুঁ। মা'র ব্যথাটা একটু কম মনে হয়।

ছ'বার মা এমন কষ্ট পেলেন। তোরা তো সুখে আছিস, কষ্ট যা তা তো মেয়েদেরই। পেটে ছেলে-মেয়ে আসা মানেই এক পা কবরে রাখা।

আমি বললাম, কষ্টটা যদি পুরুষরাও পেত তাহলে তুই খুশি হতি ?

জানি না।

বলেই রাবেয়া হঠাৎ কী মনে করে হাসতে লাগল। হাসির উচ্ছ্বাসে পেয়ালার দুধ গেল উল্টে, আঁচল খসে পড়ল মেঝেয়। অবাক হয়ে বললাম, হাসির কী হয়েছে ? এত হাসছিস কেন ?

একটা গল্প মনে পড়ছে, তাই হাসছি।

কী গল্প ?

বাজে গল্প, তবে খুব মজার। শুনলে তুই নিজেও হাসবি। শুনবি ?

বল।

একদল মেয়ে আল্লাহর কাছে নালিশ করল। তাদের বক্তব্য, ছেলেমেয়ে হওয়ার ব্যথাটা শুধু মেয়েদের হবে কেন ? এবার থেকে ছেলেদেরও হতে হবে, ব্যথার ভাগও সমান সমান। আল্লাহ বললেন, 'ঠিক আছে তাই হবে।' তারপর হলো কী শোন। মেয়েদের এই দলটির যিনি প্রেসিডেন্ট ছিলেন তাঁর ব্যথা শুরু হলো। কিন্তু কী আশ্চর্য, স্বামী বেচারা দিব্যি ঘুরে বেড়াচ্ছে, কোনো ব্যথা ফ্যাতা নেই। এদিকে তাদের গাড়ির ড্রাইভার ছুটির দরখাস্ত করেছে, তার নাকি হঠাৎ ভীষণ ব্যথা শুরু হয়েছে পেটে।

তারপর ?

তারপর আবার কী ? মেয়েরা বলল, 'আল্লাহ, তোমার পায়ে পড়ি। ব্যথার ভাগাভাগি আর চাই না। আমাদের কষ্ট আমাদেরই থাক।' তুই হাসলি না একটুও, আগে শুনেছিস নাকি ?

না।

তবে ?

নোংরা গল্প, তাই হাসলাম না।

ও।

রাবেয়া চায়ের পেয়ালা হাতে বেরিয়ে গেল। সে খুব অপ্রস্তুত হয়েছে। চোখ লজ্জায় ভিজে উঠেছে। আমার খারাপ লাগতে লাগল। অন্যসময় হলে ঐ গল্পেই প্রচুর হাসতাম। আজ পারিনি। হয়তো মায়ের কথা ভাবছিলাম বলে। চায়ের

পেয়ালা হাতে বারান্দায় এসে দাঁড়াতেই দেখি মন্টু গুটি গুটি পায়ে বেরিয়ে এসেছে।

কী-রে মন্টু ?

ঘুম আসছে না দাদা।

কেন ?

রুনু ঝুনু ঘুমিয়ে পড়েছে, আমার একা একা ভয় লাগছে।

কিসের ভয় ?

ভূতের।

রাবেয়া রান্নাঘরে ফিরে যাচ্ছিল। মন্টু ডাকল, আপা, আমি চা খাব।

এক ফোঁটা ছেলের রাত তিনটার সময় চা চাই। সিগারেটও লাগবে নাকি বাবুর ? দেই বাবার কাছ থেকে এনে ?

আপা, ভালো হবে না বলছি।

ও ঘর থেকে কাপ নিয়ে আয় একটা। দেখিস ফেলে দিয়ে একাকার করিস না।

ভোর হয়ে আসছে, কাক ডাকছে। মুরগির ঘরে মুরগিগুলি সাড়াশব্দ দিচ্ছে, চাঁদের আলোও ফিকে হয়ে এসেছে। দাঁড়িয়ে দাঁড়িয়ে ভোর হওয়া দেখছি। ভেতরের ঘর থেকে বাবা বেরিয়ে এলেন। ভীত গলায় ডাকলেন, খোকা।

জি।

তোর মাকে মনে হয় হাসপাতালে নিয়ে যাওয়াই ভালো।

কেন ? হঠাৎ করে...?

না মানে, সুহাসিনি বলল, এখন বয়স হয়েছে কি না। তা ছাড়া...।

তা ছাড়া কী ?

না, মানে কিছু নয়। আমার কেন যেন খারাপ লাগছে স্বপ্নটা দেখার পর। দেখলাম যেন আমি একটা ঘরে...।

একটা ঘরে কী ?

না না, রাতেরবেলায় স্বপ্ন বলে নাকি কেউ।

বাবা থতমত খেয়ে চুপ করলেন। মায়ের সেই ভয় ধরানো চিৎকার আর শোনা যাচ্ছে না। কোথা থেকে দু'টি বেড়াল এসে ঝগড়া করছে। অবিকল শিশুদের কান্নার মতো আওয়াজ। বাবা বললেন, খোকা, আমি হাসপাতালে গিয়ে এম্বুলেন্স খবর দেই।

আপনার যেতে হবে না, আমি যাই। বরং পাশের বাড়ি থেকে ফোন করে দেই।

না না, ফোন করলে কাজ হবে না। আসতে দেরি করবে, বাসা চিনবে না, অনেক ঝামেলা। তুই থাক।

বাবা চাদর গায়ে দিয়ে বেরিয়ে গেলেন। এত রাতে রিকশা-টিকশা কিছু পাওয়া যাবে না, হেঁটে হেঁটে যেতে হবে। আমি ইজিচেয়ারে চুপচাপ বসে রইলাম। যে শিশুটি জন্মাবে সে এত আয়োজন, এত প্রতীক্ষা ও যন্ত্রণার কিছুই জানছে না, এই জাতীয় চিন্তা হতে লাগল। অন্ধকার মাতৃগর্ভের কোনো স্মৃতি কারো মনে থাকে না। যদি থাকত তবে কেমন হতো সে স্মৃতি কে জানে। জন্মের সমস্ত ব্যাপারটাই বড় নোংরা।

রাবেয়া এসে দাঁড়াল আমার কাছে। নিচু গলায় বলল, খোকা, বাবা কি হাসপাতালে গেছেন?

হ্যাঁ।

বাবা খুব ভয় পেয়েছেন, নারে?

হুঁ পেয়েছেন।

আমারও ভয় লাগছে খোকা।

ভয় কিসের?

আমি কিছুতেই বিয়ে করব না দেখিস তুই। মাগো কী কষ্ট!

মায়ের কাছে গিয়েছিলি রাবেয়া?

হ্যাঁ।

মা কী করছে?

চিৎকার করছেন না। চিৎকার করার শক্তি নেই। খুব কষ্ট পাচ্ছেন।

কী বাজে ব্যাপার!

হুঁ।

মাসি কী করছে?

ঘুমাচ্ছে। বাজানার মতো নাক ডাকছে। মেয়ে মানুষের নাক ডাকা কী বিশ্রী। বাঁশির সরু আওয়াজের মতো তালে তালে বাজছে। ঘেন্না লাগে।

মসজিদ থেকে ফজরের আজান হলো, ভোর হয়ে আসছে।

এম্বুলেন্স আসল ছ'টার দিকে। ড্রাইভারটা মুশকো জোয়ান। সঙ্গের হেল্পার দু'টিরও গুণ্ডার মতো চেহারা। হৈচৈ করে স্ট্রেচার বের করল তারা। সাত সকালেই অনেক লোকজন জড়ো হয়ে গেল। পাড়ার মেয়েদের প্রায় সবাই এসেছে। উকিল

সাহেবের বউ আমাকে ইশারায় ডাকলেন, খোকা, তোর মা'র অবস্থা নাকি খুব খারাপ ? হেড ক্লার্কের বউ বললেন।

না, তেমন কিছু নয়। দেখে আসুন না গিয়ে।

এই যাচ্ছি! বলে তিনি এম্বুলেন্সের ভেতরটা দেখতে চেষ্টা করতে লাগলেন। হেড ক্লার্কের বউও এসেছেন, তার সঙ্গে একটি সুন্দর মতো মেয়ে। কম বয়সী কয়েকজন ছেলেমেয়ে দেখি হৃষ্ট চিত্তে ঘুরে বেড়াচ্ছে। মন্টু ভীষণ ভয় পেয়েছে, আমার একটা হাত শক্ত করে ধরে রেখেছে। মাঝে মাঝে সে যে কাঁপছে তা বুঝতে পরছি। রুনু আর ঝুনুকে দেখছি না। রাবেয়া উঠানের মাঝখানে দাঁড়িয়ে আছে একা একা।

মন্টু বলল, দাদা, তোমাকে ডাকছে।

কে ?

ওভারশিয়ার কাকু।

মন্টুর হাত ধরে ওপাশে গেলাম। হয়তো হাজারো কথা জিজ্ঞেস করবেন। পুরুষ মানুষের মেয়েলি কৌতূহল বড় খারাপ লাগে। ওভারশিয়ার কাকু খালি পায়ে দাঁড়িয়ে ছিলেন।

আমাকে দেখে বললেন, খোকা, তোমাকে একটু ডাকছিলাম।

কী জন্যে চাচা ?

না, মানে তেমন কিছু নয়, ঘুম থেকে উঠেই এম্বুলেন্স দেখে, মানে ইয়ে... ধর তো খোকা... মাসের শেষ কতরকম দরকার হয়, লজ্জা করো না... সোনা, রাখো।

কথা বলবার অবসর না দিয়ে চাচা সরে গেলেন। ঐদিকটায় হৈচৈ হচ্ছে। স্ট্রেচারে করে মাকে তুলছে গাড়িতে, ছুটে গেলাম।

বাবা, সঙ্গে কে যাচ্ছে ?

আমি আর তোর সুহাসিনি মাসি।

রাবেয়াকে নিয়ে যান।

না না, ও ছেলেমানুষ। খোকা, তোর ছোট খালাকে খবর দিস।

গাড়ি স্টার্ট নিতেই বাবা আবার ডাকলেন, খোকা ও খোকা, তোর মা ডাকছে, আয় একটু।

গাড়ির ভেতর আবছা অন্ধকার। গলা পর্যন্ত চাদর জড়িয়ে মা পড়ে আছেন। সারা শরীর কেঁপে কেঁপে উঠছে এক একবার। মা নরম স্বরে বললেন, খোকা,

আয় এদিকে।

অস্পস্ট আলোয় চোখে পড়ল যন্ত্রণায় তাঁর ঠোঁট কেঁপে কেঁপে উঠছে। অদ্ভুত ফর্সা মুখের অদৃশ্য নীল শিরা কালো হয়ে ফুলে উঠছে। বিন্দু বিন্দু ঘাম জমেছে সারা মুখে।

মা, কী জন্য ডেকেছেন ? কী ?

মা কোনো কথা বললেন না। বাবা বললেন, দেরি হয়ে যাচ্ছে, খোকা তুই নেমে যা।

আমিও সঙ্গে যাই বাবা ?

না না, তুই থাক। বাসায় ওরা একা। নেমে যা, নেমে যা।

মাসি গলা বাড়িয়ে বললেন, পানের কৌটা ফেলে এসেছি, কেউ আসে তো সঙ্গে দিয়ে দিও।

গাড়ি ছেড়ে দিল। মন্টু গাড়ির পেছনে পেছনে বড় রাস্তা পর্যন্ত গিয়ে ফোঁপাতে ফোঁপাতে ফিরে এলো। রুনু-ঝুনুকে নিয়ে আমি বসে রইলাম বারান্দায়। জন্ম বড় বাজে ব্যাপার। মৃত্যুর চেয়েও করুণ।

বুকের উপরে চেপে থাকা বিষণ্ণতা দেখতে দেখতে কেটে গেল। আবহাওয়া তরল হয়ে আসল ঘণ্টাখানেকের মধ্যে। ছোট খালা আসলেন নয়টায় তাঁর মস্ত কালো রঙের গাড়িতে করে, সঙ্গে মেয়ে কিটকি। রাবেয়া ঢাউস এক কেটলি চায়ের পানি চড়িয়ে দিল। রুনু-ঝুনু স্কুলে যেতে হবে না শুনে আনন্দে লাফাতে লাগল।

সারারাত অঘুমা থাকায় মাথা ব্যথা করছিল। চুপচাপ শুয়ে রইলাম। ইউনিভার্সিটিতে এক দফা যেতে হবে। স্যার কাল খোঁজ করছিলেন, পাননি। আতিক কী জন্যে যেন তার বাসায় যেতে বলেছে। খুব নাকি জরুরি। চার্লি চ্যাপলিনের 'দি কিউ' ছবিটি চলছে গুলিস্তানে। আজ দেখব কাল দেখব করে দেখা হয়নি। দু'দিনের ভেতর দেখতে হবে। সামনের সপ্তায় কী এক বাজে ছবি যেন।

কী-রে খোকা, শুয়ে ?

মৃদু সেন্টের গন্ধ ছড়িয়ে খালা ঢুকলেন। খালার সঙ্গে মায়ের চেহারার খুব মিল। তবে খালা মোটা-সোটা, মা ভীষণ রোগা। খালা পাশের চেয়ারে বসলেন।

জ্বর নাকিরে ?

জি-না, এই শুয়েছি একটু।

দেখি ?

খালা মাথায় হাত রাখলেন।

না, মোটেও জ্বর নেই। ডাক্তারের বউ হাফ ডাক্তার হয়, জানিস তো ?

জানি। জ্বর টর নয়, এমনি শুয়ে আছি।

খারাপ লাগছে ? তা তো লাগবেই, বুড়ো বয়সে মায়েদের যদি মেটারনিটিতে যেতে হয়।

আমি চুপ করে রইলাম। দরজার আড়াল থেকে কিটকি উঁকি দিল। খালা ডাকলেন, আয় ভেতরে।

কিটকি লজ্জিতভাবে ঢুকল। যখন অন্য কেউ থাকে না তখন আমার সঙ্গে কিটকির ব্যবহার খুব সহজ ও আন্তরিক। বাইরের কেউ থাকলেই কিটকি সংকোচ ও লজ্জায় চোখ তুলে তাকায় না। শৈশবের একটি ছোট্ট ঘটনা থেকেই কিটকির এমন হয়েছে।

সে তখন খুব ছোট, ছয়-সাত বৎসর বয়স হবে। মায়ের সঙ্গে বেড়াতে এসেছে বাসায়। রুনু ঝুনুর সঙ্গে সারা দুপুর হৈচৈ করে খেলল। মা যখন সবাইকে খেতে ডাকলেন, তখন তার হঠাৎ কী খেয়াল হলো কী জানি, মাকে গিয়ে বলল, খালা আমি আপনাকে একটা কথা বলব, কাউকে বলবেন না তো ?

না মা, বলব না।

আল্লার কসম বলুন।

আল্লার কসম।

তা হলে মাথা নিচু করুন, আমি কানে কানে বলি।

মা মাথা নিচু করলেন এবং কিটকি ফিস ফিস করে বলল, বড় হয়ে আমি খোকা ভাইকে বিয়ে করব। আপনি কাউকে বলবেন না তো ?

মা কিটকির কথা রাখেননি। সঙ্গে সঙ্গে সবাইকে বলে দিয়েছেন। যদিও সুদূর শৈশবের ঘটনা, তবু স্থানে অস্থানে এই প্রসঙ্গ তুলে বেচারিকে প্রচুর লজ্জা দেয়া হয়। মা তো কিটকির সঙ্গে দেখা হলে একবার হলেও বলবেন, আমার বউ-মেয়েকে কেউ দেখি যত্ন করছে না ?

কিটকি তার মায়ের পাশে বসল। সে আজ হলুদ রঙের কামিজ পরেছে, লম্বা বেণিতে মস্ত বড় বড় দু'টি হলুদ ফিতের ফুল। অল্প হাসল কিটকি। আমি বললাম, কী কিটকি, আজ কলেজ নেই ?

আছে, যাব না।

কেন ?

এমনি। কলেজ ভীষণ বোরিং। তা ছাড়া খালার অসুখ।

থাকবি আজ সারাদিন ?

হ্যাঁ। আজ রাতে আপনাকে ভূতের গল্প বলতে হবে।

ভূতের গল্প শুনে কাঁদবি না তো আবার ?

ইস্, কাঁদব ? ছোটবেলায় কবে কেঁদেছিলাম এখনো সেই কথা।

ছোটবেলায় তো তুই আরো কত কী করেছিস।

ভালো হবে না কিন্তু। বলতে বলতে কিটকি লজ্জায় মাথা নিচু করল।

খালা বললেন, আমি হাসপাতালে যাই খোকা। কিটকি, তুই যাবি আমার সঙ্গে ?

না মা, আমি থাকি এখানে।

খালা চলে যেতেই রাবেয়া চায়ের ট্রে হাতে ঢুকল। বেশ মেয়ে রাবেয়া। এর ভেতর সে গোসল সেরে নিয়ে চুল বেঁধেছে। রান্না শেষ করেছে, এক দফা চা খাইয়ে আবার চা এনেছে। রাবেয়া হাসতে হাসতে বলল, কী কিটকি ? না না ভিটকি বেগম, এই ঘরে কী করছ ? পূর্বরাগ নাকি ? সিনেমার মতো শুরু করলে যে ?

যান আপা, আপনি তো ভারী ইয়ে... মা ডাকলেন তাই।

বেশ বেশ, তা এমন গলদা চিংড়ির মতো লাল হয়ে গেছ যে ? গরমে না হৃদয়ের উত্তাপে ?

যান আপা, ভাল্লাগে না।

নিন নিন ভিটকি বেগম, চা নিন।

কী সব সময় ভিটিকি ডাকেন! জঘন্য লাগে।

কিটকির কি কোনো মানে আছে ? তাই ভিটকি ডাকি।

যেন ভিটকির কত মানে আছে।

আছেই তো। ভিটকি হচ্ছে ভেটকি মাছের স্ত্রীলিঙ্গ। অর্থাৎ তুই একটি গভীর জলের ভেটকি ফিস, বুঝলি ?

বেশ আমি গভীর জলের মাছ। না, চা খাব না।

কাঁদো কাঁদো মুখে উঠে দাঁড়াল কিটকি। কাউকে কিছু বলার অবসর না দিয়ে ঝড়ের মতো বেরিয়ে গেল। রাবেয়া হেসে উঠল হো হো করে। বলল, বড় ভালো মেয়ে।

হুঁ।

একটু অহংকার আছে, তবে মনটা ভালো।

তাই নাকি ?

হ্যাঁ, আমার ভীষণ ভালো লাগে। আর আমার মনে হয় কি জানিস ?

কী মনে হয় ?

মনে হয় মেয়েটির শৈশবে তোর দিকে যে টান ছিল তা যে এখনো আছে তাই নয়, চাঁদের কলার মতো বাড়ছে।

তোর যত বাজে কথা।

রাবেয়া বলল, মেয়েটির কথা ছেড়ে দেই, তোর যে ষোল আনার উপর দু'আনা, আঠারো আনা টান তাতে কোনো সন্দেহ নেই। কান-টান লাল করে একেবারে টমেটো হয়ে গেছিস, আচ্ছা গাধা তো তুই !

রাবেয়া হাসতে হাসতে ভেঙে পড়ল। রুনু এসে ঢুকল খুব ব্যস্তভাবে, হাতে একটা লুডুবোর্ড।

কী-রে রুনু ?

কিটকি আপার কী হয়েছে।

কেন ?

চুপচাপ বসে আছে। আগে বলেছিল লুডু খেলবে, এখন বলছে খেলবে না।

রাবেয়া উঁচু গলায় হাসল আবার।

রুনুকে বললাম, রুনু, মন্টু কোথায় ? মন্টুকে দেখছি না তো।

মন্টু হাসপাতালে গেছে।

হাসপাতালে কার সঙ্গে গেল, খালাব সঙ্গে ?

না, একাই গেছে। তার নাকি খুব খারাপ লাগছিল। তাই একাই গেছে।

কোন হাসপাতালে চিনবে কী করে ?

চিনবে, তার স্কুলের কাছেই।

চা-টা খেয়ে গিয়েছে ?

না, খায়নি।

রাবেয়া শুয়ে শুয়ে পা দোলাচ্ছিল। হঠাৎ কী মনে করে উঠে বসল, খোকা, তুই বাজি রাখতে চাস আমার সঙ্গে ?

কী নিয়ে বাজি ?

মা'র ছেলে হবে কি মেয়ে হবে এই নিয়ে।

রাবিশ।

আহ্, রাখ না একটা বাজি। তোর কি মনে হয়, ছেলে হবে ?

আমার কিছু মনে হয় না।

আহ্, বল না একটা কিছু।

ছেলে।

আমার মনে হয় মেয়ে। যদি ছেলে হয় তবে আমি তোকে একটা সিনেমা দেখার পয়সা দেব। আর মেয়ে হলে তুই কী দিবি আমাকে ?

কী বাজে বকিস। ভাল্লাগে না।

আহা বল না কী দিবি ? প্লিজ বল ?

ক্লাশ শেষ হলো দেড়টায়।

আতিক ছাড়ল না। টেনে নিয়ে গেল তার বাসায়। একটি মেয়ে নাকি প্রেমপত্র লিখেছে তার কাছে। সত্যি মেয়েটিই লিখেছে, না কোনো ছেলে ফাজলামি করেছে— তাই ভেবে পাচ্ছে না। তার আসল সন্দেহটা আমাকে নিয়ে, আমি কাউকে দিয়ে লেখাইনি তো। যতবার বলছি— আজ ছেড়ে দাও আরেকদিন কথা হবে, আমার একটু কাজ আছে— ততই সে চেপে ধরে। উঠতে গেলেই বলে, কী এমন কাজ বল ? কী যে কাজ তা আর বলতে পারি না লজ্জায়। অস্বস্তিতে ছটফট করি।

বাসায় ফিরতে ফিরতে বিকেল। আমাকে দেখেই ওভারশিয়ার কাকু দৌড়ে এলেন, খোকা, তোমার মা'র অবস্থা বেশি ভালো নয়। সবাই হাসপাতালে গেছে। তুমি কোথায় ছিলে ? যাও, তাড়াতাড়ি চলে যাও। রিকশা ভাড়া আছে ?

আমার পা কাঁপতে লাগল। আচ্ছন্নের মতো রিকশায় উঠলাম। সমস্ত শরীর টলমল করছে।

কালোমতো একটি মেয়ে কাঁদছে। কী হয়েছে তার কে জানে। রাবেয়া বাবার হাত ধরে রেখেছে। রুনু-ঝুনুকে দেখছি না। বাচ্চা বোনটা কাঁদছে ট্যা ট্যা করে। খালা কোলে করে আছেন তাকে। খালা বললেন, দেখ খোকা, কী সুন্দর ফুলের মতো বোন হয়েছে।

হ্যাঁ, খুব সুন্দর ফুলের মতো বোন হয়েছে একটি। আর আমাদের আশ্চর্য ফর্সা ভীষণ রোগা মা হাইফোরসেপ ডেলিভারিতে অপারেশন টেবিলে চুপচাপ মারা গেছেন।

তেইশ বছর আগে মা এসেছিলেন আমাদের ঘরে। তেইশ বছরে একটি বারের জন্য নিজের বাবার প্রকাণ্ড বাড়িতে যাননি। কতইবা দূর, বাসে চার আনার বেশি লাগে না। এত কাছাকাছি থেকেও যেন তিনি ধরাছোঁয়ার বাইরের থেকে তেইশ বছর কাটিয়ে দিলেন।

হাসপাতালে মা'র চারপাশে তাঁর পরিচিত আত্মীয় স্বজনেরা ভিড় করলেন। নানাজানকে প্রথম দেখলাম আমরা। সোনালি ফ্রেমের হালকা চশমা, ধবধবে গায়ের রং। 'শাজাহান' নাটকে বাদশা শাজাহানের চেহারা যেমন থাকে ঠিক সে-রকম চেহারা। নানাজান বাবাকে বললেন, মেয়েকে আমি আমার বাড়ি নিয়ে যাই, তোমার আপত্তি আছে ?

বাবা চুপ করে রইলেন। নানাজান কথা বলছিলেন এমন সুরে যেন তাঁর বাড়ির কোনো কর্মচারীর সঙ্গে বৈষয়িক কথা বলছেন। তিনি আবার বললেন, সেখানে মেয়ের মা'র কবর আছে, তার পাশেই সেও থাকবে।

তেইশ বছর পর মা আবার তাঁর নিজের ঘরে ফিরে গেলেন। একদিন যেমন সব ছেড়ে ছুড়ে এসেছিলেন, কোনো পিছুটান ছিল না, ফিরেও গেলেন তেমনি।

সুর কাটলো না কোথাও। ঘরসংসার চলতে লাগল আগের মতোই। বয়স বাড়তে লাগল আমাদের। রুনু-ঝুনু আর মন্টু ব্যস্ত থাকতে লাগল তাদের পুতুলের মতো ছোট্ট বোনটিকে নিয়ে। যার একটি মাত্র দাঁত উঠেছে। মুখের নাগালের কাছে যাই পাচ্ছে তাই কামড়ে বেড়াচ্ছে সেই দাঁতে। সে সময়ে— অসময়ে থ থ থ থ বলে আপন মনে গান গায়। আর রাবেয়া ? অপূর্ব মমতা আর ভালোবাসায় ডুবিয়ে রেখেছে আমাদের। সমুদ্রের মতো এত স্নেহ কী করে সে ধারণ করেছে কে জানে ?

বাবা রিটায়ার করেছেন কিছুদিন হলো। দশটা-পাঁচটা অফিসের বাঁধা জীবন শেষ হয়েছে। ফেয়ারওয়েলের দিন রুনু-ঝুনু বাবার সঙ্গে গিয়েছিল। অফিসের কর্মচারীরা বাবাকে একটি কোরআন শরীফ, একটি ছাতা আর এক জোড়া ফুলদানি উপহার দিয়েছে। এতেই বাবা মহাখুশি।

মা'র অবর্তমানে যতটা শূন্যতা আসবে মনে করেছিলাম তা আসেনি, সমস্তই আগের মতো চলছে। সব মৃত্যু সম্বন্ধেই এ কথা হয়তো খাটে। 'অতি প্রিয়জন যদি পাশে না থাকে তবে কী করে বেঁচে থাকা যাবে'— ভাবনাটা অর্থহীন মনে হয়। মৃত্যুর জন্যে মানুষ শোক করে ঠিকই, কিন্তু সে শোক স্মৃতির শোক, এর বেশি কিছু নয়।

কোনো কোনো রাতে ঘুম ভেঙে গেলে মা'র কথা মনে পড়ে। তখন অনেক রাত পর্যন্ত ঘুম আসে না। কিটকির কথা প্রাণপণে ভাবতে চেষ্টা করি তখন। যেন সে এসে বসেছে আমার পাশে। আমি বলছি, কী কিটকি, এত রাতে আমার ঘরে! ভয় করে না?

কিসের ভয়, ভূতের? আমি বুঝি আগের মতো ছেলেমানুষ আছি।

না, তুই কত বড় হয়েছিস, সবাই বড় হচ্ছি আমরা।

হ্যাঁ, দেখেছেন আমার চুল কত লম্বা হয়েছে?

তোকে বব চুলে এরচে' ভালো দেখাত।

সত্যি?

হ্যাঁ।

কাঁচি আছে আপনার কাছে?

কী করবি?

বব করে ফেলি আবার।

রাতে এ জাতীয় অসংলগ্ন ভাবনা ভাবি বলেই হয়তো কিটকিকে দিনেরবেলায় দেখলে লজ্জা ও সংকোচ বোধ করি। যেন একটা অপরাধ করে ধরা পড়েছি। কিটকি অবশ্যি আগের মতোই আছে। হৈচৈ করার নেশাটা একটু বেড়েছে মনে হয়। রুনু-ঝুনুর সঙ্গে খুব ভাব হয়েছে। প্রায়ই এদের দু'জনকে সিনেমা দেখাতে নিয়ে যায়।

আমার নিজের স্বভাব-চরিত্রে বেশ পরিবর্তন এসেছে। যখন ছাত্র ছিলাম রাত জেগে পড়তে হতো, আর দু'চোখে ভিড় করত রাজ্যের ঘুম। কষ্ট করে রাত জাগা। এখন ঘুমুবার অবসর আছে কিন্তু চেপে ধরেছে ইনসমনিয়ায়। থানার ঘড়িতে বড় বড় ঘণ্টা বেজে ছোটগুলিও বাজতে শুরু করে, ঘুম আসে না এক ফোঁটা। বিছানায় গড়াগড়ি করি। ভোর হয়। সকালের আলো দু'চোখে পড়তেই ঘুমে আচ্ছন্ন হয়ে পড়ি। আটটা বাজার আগেই রুনু ঝাঁকায়।

দাদা ওঠো, চা জুড়িয়ে পানি হয়ে গেল।

হোক, তোরা খা। শরীর খারাপ আমার, আরেকটু ঘুমুই।

রুনু চলে যেতেই রাবেয়া আসে। প্রবল ঝাঁকুনিতে চমকে উঠে শুনি, তিন মিনিটের মধ্যে না উঠলে দিচ্ছি মাথায় পানি ঢেলে। এক-দুই-তিন-চার... এই দিলাম এই দিলাম...। রাবেয়াকে বিশ্বাস নেই, উঠে পড়তে হয়।

বারান্দায় মুখ ধুতে ধুতেই বাবা সকালের দীর্ঘ ভ্রমণ সেরে ফিরে আসেন। খুশি খুশি গলায় বলেন, তুই বড় লেটরাইজার। স্বাস্থ্য খারাপ হয় এতে। দেখ না আমার স্বাস্থ্য আর তোর স্বাস্থ্য মিলিয়ে।

সত্যি চমৎকার স্বাস্থ্য বাবার। রিটায়ার করার পর আরো ওজন বেড়েছে। আমি সপ্রশংস চোখে তাকাই বাবার দিকে। বাবা হেসে হেসে বলেন, এত রোগা তুই! কলেজের ছেলেরা তোর কথা শুনে ?

তা শুনে।

রাবেয়া রান্নাঘর থেকে চ্যাঁচায়, না বাবা, মোটেই শুনে না।

বাবা খুব খুশি হন। অনেকক্ষণ ধরে আপন মনে হাসেন। বেশ বদলে গেছেন তিনি। বাবা ছিলেন নিরীহ, নির্লিপ্ত মানুষ। সকালে অফিসে যাওয়া, বিকেলে ফেরা। সন্ধ্যায় একটু তাস খেলতে যাওয়া, দশটা বাজতে না-বাজতে ঘুমিয়ে পড়া। খুবই চুপচাপ স্বভাব। আমাদের কাউকে কোনো কারণে সামান্য ধমক দিয়েছেন এও পর্যন্ত মনে পড়ে না। সংসারে বাবার যেন কোনো অস্তিত্ব নেই। আমাদের নিয়ে আর মাকে নিয়েই আমাদের সংসার। বাবার ভূমিকা নেপথ্য কোলাহলের।

কেউ আমাদের দাওয়াত করতে এলে মাকেই বলত। বাড়িওয়ালা ভাড়া নিতে এসে বলত, খোকা, তোমার মাকে একটু ডাক তো। অথচ বাবা হয়তো বাইরে মোড়ায় বসে মন্টুকে অংক দেখিয়ে দিচ্ছেন।

এখন বাবা ভীষণ বদলেছেন। সবার সঙ্গে প্রচুর উৎসাহ নিয়ে আলাপ চালান। সেদিন ওভারশিয়ার কাকুর সঙ্গে মাছ ধরতে গিয়ে সারাদিন কাটিয়ে এসেছেন। খবরের কাগজ রাখেন দু'টি। প্রতিটি খবর খুঁটিয়ে খুঁটিয়ে পড়েন। রাজনীতি নিয়েও আলোচনা চলে।

খোকা, তোর কী ধারণা ? আওয়ামী লীগ পপুলারিটি হারাবে ?

আমার ? না, আমার কোনো ধারণা নেই।

ভালো করে পেপার পড়া চাই, না পড়লে কি কিছু বুঝা যায় ? রাজনীতি বুঝতে হলে চোখ-কান খোলা রাখা চাই, বুঝলি ? কী, বিশ্বাস হলো না, না ?

হবে না কেন ?

বিশ্বাস যদি না হয় কাগজ কলম নিয়ে আয়, তিন বৎসর পর পার্টির কী অবস্থা হবে লিখে দিই, সিল করে রেখে দে। তিন বৎসর পর অক্ষরের সাথে অক্ষর মিলিয়ে দেখবি।

বাবার রূপান্তর খুব আকস্মিক। আর আকস্মিক বলেই বড় চোখে পড়ে। প্রচুর মিথ্যে কথাও বলেন বানিয়ে বানিয়ে। সেদিন যেমন শুনলাম। ওভারশিয়ার কাকুর ছেলের বউয়ের সঙ্গে গল্প করছেন পাশের ঘরে। এ ঘর থেকে সমস্ত শোনা যাচ্ছে।

কাউকে যেন বলো না মা, গতকাল রাতে একটা অদ্ভুত ব্যাপার হয়েছে।

কী ব্যাপার চাচাজান ?

অনেক রাত তখন। আমি বারান্দায় ইজিচেয়ারে শুয়ে আছি। হঠাৎ ফুলের গন্ধ পেলাম। বকুল ফুলের গন্ধ। অবাক হয়ে চোখ তুলে তাকিয়ে আমার নিঃশ্বাস বন্ধ হয়ে যাবার যোগাড়। দেখি কী, খোকার মা হালকা হলুদ রঙের একটা শাড়ি পরে দাঁড়িয়ে আছে আম গাছটার নিচে।

বলেন কী চাচা!

হ্যাঁরে মা, মিনিট তিনেক দেখলাম।

রাত কত তখন ?

বারোটার মতো হবে।

গল্পটি যে সম্পূর্ণই মিথ্যা এতে কোনো সন্দেহ নেই। গতরাতে আমার এক ফোঁটা ঘুম হয়নি। সারারাতই আমি বারান্দার ইজিচেয়ারে বসে কাটিয়েছি।

অথচ যে বাবা কোনোদিন অপ্রয়োজনের সত্য কথাটিও বলেননি তিনি কেন এমন অনর্গল মিথ্যা বলে চলেন ভেবে পাই না।

রাবেয়া একদিন বলেছিল, মা মারা যাবার পর বাবা খুব ফ্রি হয়েছেন।

তার মানে ?

মানে আর কী, মনে হয় বাবা মা'র সঙ্গে ঠিক মানিয়ে নিতে পারেননি।

তুই কী সব সময় বাজে বকিস ?

আহা এমনি বললাম। কে বলেছে বিশ্বাস করতে।

বিশ্বাস না করলে অবশ্যি চলে, কিন্তু বিশ্বাস না করাই বা যায় কী করে ? মা'র মতো মেয়ে তেইশ বছর কী করে মুখ বুজে এখানে কাটিয়ে দিয়েছেন ভেবে পাই না। বাবা মা'র সঙ্গে হাস্যকর আচরণ করতেন। যেন মনিবের মেয়ের সঙ্গে দিয়ে দেয়া প্রিয় খানসামা একজন। ভালোবাসার বিয়ে হলে এরকম হয় না। সেখানে অসামঞ্জস্য হয়, অশান্তি আসে কিন্তু মূল সুরটি কখনো কেটে যায় না। ত...

যতদূর জানি ভালোবেসেই বিয়ে হয়েছিল তাঁদের। কিছুটা খালা বলেছেন, কিছু বলেছেন বাবা, রাবেয়াও বলেছে কিছু কিছু (সে হয়তো শুনেছে মা'র কাছ থেকেই)। সব মিলিয়ে এ ধরনের চিত্র কল্পনা করা যায়।

শিরিন সুলতানা নামের উনিশ বছরের একটি মেয়ে সূর্য উঠার আগে ছাদে বসে হারমোনিয়ামে গলা সাধতো ঘড়ির কাঁটার মতো নিয়মে। সাতটার দিকে গানের মাস্টার শৈলেন পোদ্দার আসতেন গান শেখাতে। তিনি আধঘণ্টা থাকতেন। এই সমস্ত সময়টা আজহার হোসেন নামের একটা গরিব আশ্রিত ছেলে কান পেতে অপেক্ষা করত ছাদের চিলেকোঠার ঘরটায়। সেখানেই সে থাকত। একদিন মেয়েটি কী একটি গান গাইল যেন, খুব ভালো লাগল ছেলেটির। বেরিয়ে এসে কুণ্ঠিতভাবে বলল, আরেকবার গান না। মাত্র একবার।

শিরিন সুলতানা গান তো গানইনি, ছাদের গান বন্ধ করে দিয়েছেন তারপর থেকে। লজ্জিত ছেলেটি অপরাধী মুখে আরো দু'বছর কাটিয়ে দিল চিলেকোঠার ঘরটায়। এই দুবছরে শিরিন সুলতানার সঙ্গে তার একটি কথাও হয়নি। শুধু দেখা গেল দু'জনে বিয়ে করে দেড়শ' টাকা ভাড়ার একটা ঘুপচি ঘরে এসে উঠেছেন।

কী করে এটা সম্ভব হলো তা আমার কাছে একটি রহস্য। রাবেয়ার কাছে জানতে চাইলে সে বলত, আমি জানি কিন্তু বলব না।

কেন ?

এমনি। কী করবি শুনে ?

জানতে ইচ্ছে হয় না ?

বলব তোকে একদিন। সময় হোক।

সেই সময়ও হয়নি। জানাও যায় নি কিছু। অথচ খুব জানতে ইচ্ছে করে।

ফার্স্ট ইয়ারের ছেলেদের সঙ্গে দুপুর বারোটায় একটা ক্লাস ছিল। একটার দিকে শেষ হলো। দুপুরে রিকশা পাওয়ার আশা কম। সব রিকশাওয়ালা একসঙ্গে খেতে যায় কি না কে জানে। অল্প হাঁটতেই ঘামে সার্ট ভিজে ওঠার যোগাড়। ভীষণ রোদ। রাস্তায় পিচ গলে সেন্ডেলের সঙ্গে আঠার মতো এঁটে যাচ্ছিল। ছায়ায় দাঁড়িয়ে রিকশার জন্যে অপেক্ষা করব কি না যখন ভাবছি তখনি মেয়েলি গলা শোনা গেল, খোকা ভাই, ও খোকা ভাই।

তাকিয়ে দেখি কিটকি। সিনেমাহলের বারান্দায় দাঁড়িয়ে সবাইকে সচকিত করে বেশ জোরেসোরেই ডাকছে। কানে পায়রার ডিমের মতো দুটো লাল পাথর। চুলগুলো লম্বা বেণি হয়ে পিঠে দুলছে। কামিজ সালোয়ার সবই কড়া হলুদে লাল

নকশা কাটা। সুন্দর দেখাচ্ছিল, মুখটা লম্বাটে, পাতলা বিস্তৃত ঠোঁট। আমি বললাম, কী-রে তুই সিনেমা দেখবি নাকি ?

হুঁ, ইয়েলো স্কাই।

একা এসেছিস ?

না, আমার এক বন্ধু আসবে বলেছিল, এখনো আসল না। দেড়টা বেজে গেছে, এখুনি শো শুরু হবে।

টিকিট কেটে ফেলেছিস ?

হ্যাঁ।

দে আমার কাছে বিক্রি করে দে একটা। তুই দেখ একা একা।

আপনি দেখেন না আমার সঙ্গে, আপনার তো কোনো কাজ নেই। আসেন না ?

আরে পাগল নাকি ? বাসায় গিয়ে গোসল করব, ভাত খাব।

আহা একদিন একটু দেরি হলে মরে যাবেন না। একা একা ছবি দেখতে আমার খুব খারাপ লাগে। আসেন না দেখি। খুব ভালো ছবি। প্লিজ, বলুন হ্যাঁ।

কিটকির কাণ্ড দেখে হেসে ফেলতে হলো। বললাম, চল দেখি, ছবি ভালো না হলে কিন্তু মাথা ভেঙে ফেলব।

দু'জন সিঁড়ি দিয়ে উঠছি দোতলায়, কিটকি হঠাৎ দাঁড়িয়ে বলল, দেখুন তো কী মুশকিল হলো।

আবার কী ?

আমার বন্ধুটা এসে পড়েছে। ঐ যে নামে রিকশা থেকে।

খাটো ঐ মেয়েটি নাকি ? লাল ওড়না ?

হুঁ।

ভালোই হয়েছে। দেখ তোরা দু'জনে, আমায় ছেড়ে দে।

না না, আসেন এই পোস্টার বোর্ডটার আড়ালে চলে যাই। না দেখলেই চলে যাবে।

তুই যা আড়ালে, আমাকে তো আর চেনে না।

আহা আসেন না। কোন দিকে গেছে ?

দোতলায় খুঁজতে গেছে হয়তো।

কেমন গাধা মেয়ে দেখেছেন ? সাড়ে বারোটায় আসতে বলেছি, এসেছে দেড়টায়।

ছবিটা সত্যি ভালো। কিছুক্ষণের মধ্যেই জমে গেলাম। তবে ইটালিয়ান ছবি যেমন হয়— করুণ রসের ছড়াছড়ি। ছবির সুপুরুষ ছেলেটি বিয়ে করেছে তার প্রেমিকার বড় বোনকে। খবর পেয়ে প্রেমিকা বিছানায় শুয়ে ফুলে ফুলে কাঁদছে। তাই দেখাচ্ছে অনেকক্ষণ ধরে। হঠাৎ সচকিত হয়ে দেখি, কিটকি নিজেই মুখে আধখানা রুমাল গুজে কান্নার দুরন্ত বেগ সামলাচ্ছে। চোখের পানিতে চিক চিক করছে গাল। পাশে বসা এক গোবেচারা তরুণ পর্দা ছেড়ে কিটকিকেই দেখছে অবাক হয়ে। আমি বললাম, কী-রে কিটকি, কী ব্যপার ?

কিছু না।

আয় আয়, ছবি দেখতে হবে না। কী মুশকিল। কান্নার কী হলো! তোর তো কিছু হয়নি।

কিটকির হাত ধরে হল থেকে বেরিয়ে আসলাম। আলোয় এসেই লজ্জা পেয়ে গেল সে।

তুই একটা পাগল।

বলেছে আপনাকে।

আর একটা বাচ্চা খুকি।

আর আপনি একটা বুড়ো।

তুই ভারী ভালো মেয়ে কিটকি। তোর কান্না দেখে আমার এত ভালো লেগেছে।

ভালো হবে না বলছি।

আইসক্রিম খাবি কিটকি ?

না না।

না না, খেতেই হবে। আয়, তুই সিনেমা দেখালি— আমি আইসক্রিম খাওয়াই।

দেখলেন তো কুল্লে সিকিখানা সিনেমা।

আচ্ছা তুই সিকিখানাই খাস।

কিটকি সুন্দর করে হাসল। সবুজ রুমালে নাক ঘষতে ঘষতে বলল, ছবিটি বড় ভালো, তাই না ?

হ্যাঁ।

ইস্, সবটা যদি দেখতাম!

গরমে মন্দ লাগল না আইসক্রিম। বড় কথা পরিবেশটি ভালো। সুন্দর করে

সাজানো টেবিলে সাদা টেবিলক্লথ। বয়গুলি কেতাদুরস্ত। অসময় বলেই ভিড় নেই। কিটকি তৃপ্তির নিঃশ্বাস ফেলল, চলুন উঠি।

বস আরেকটু, আইসক্রিম আরো একটা নে।

ছেলেমানুষ পেয়েছেন আমাকে, না?

সবুজ রুমাল বের করে নাক ঘসল কিটকি।

আমার ভীষণ নাক ঘামে। খুব বাজে।

না, খুব ভালো, যাদের নাক ঘামে তারা—

জানি জানি, বলতে হবে না, যত সব মিথ্যে কথা। আপনি বিশ্বেস করেন?

না।

আমিও না। আচ্ছা যে-সব মেয়ের গালে টোল পড়ে তাদের হ্যাসব্যান্ড নাকি খুব কম বয়সে মারা যায়?

কই, তোর তো টোল পড়ে না? নাকি পড়ে? হাসি দে একটা।

আহা আমার জন্যে বলছি না। আপনি ভারি বাজে।

বাসায় যাবি কিটকি? চল যাই।

না, আজ থাক। আরেকদিন যাব।

শুক্রবারে কলেজ খোলা যে, আচ্ছা সন্ধ্যাবেলা আসব।

রাতে থাকবি তো?

উঁহু।

কিটকি রিকশায় উঠে হাত নাড়ল।

রোদের তেজ কমে আসছে। চারটা বেজে গেছে প্রায়। প্রচুর ঘেমেছি। বাসায় গিয়েই একটা দীর্ঘ গোসল সারব। অবেলায় ভাত আর খাব না। চা-টা খেয়ে দীর্ঘ ঘুম দেব। রাবেয়া ক'দিন ধরেই সিনেমা দেখার জন্যে ঘ্যানরঘ্যানর করছে। তাকে নিয়ে একদিন দেখলে হয় 'ইয়োলো স্কাই'।

বাসায় এসে দেখি গেটে তালা ঝুলছে। তালার সঙ্গে আটকানো ছোট্ট চিরকুট।

> 'খোকা, সবাই মিলে ছোট খালার বাসায় বেড়াতে গিয়েছি।
> সন্ধ্যার আগে ফিরব না। তুইও এসে পড়। —রাবেয়া।'

ক্লান্তি লাগছিল খুব, কোথাও গিয়ে চা-টা খেলে হতো।

এই চিঠিটি সম্ভবত তোমাকেই লেখা?

তাকিয়ে দেখি, বেশ লম্বা নিখুঁত সাহেবি পোশাকে এক ভদ্রলোক আমার পাশে দাঁড়িয়েছেন। কপালের দু'পাশের চুলে পাক ধরলেও এখনো বেশ শক্ত সমর্থ চেহারা।

তুমি বলেছি বলে কিছু মনে করনি তো, ছেলের বয়সী তুমি।

না না, কিছু মনে করিনি আমি। আপনাকে ঠিক চিনতে পারছি না।

চিনবে কী করে, আমি তো পরিচিত কেউ না। রাবেয়া বলে এই বাড়িতে একটি মেয়ে আছে না?

জি, আমার বোন।

ছোটবেলায়, সে যখন স্কুলে পড়ত তখন তার সঙ্গে আমার পরিচয় হয়। তাকে দেখলেই আমি গাড়িতে করে লিফট দিতাম।

তাই নাকি?

হ্যাঁ, বড় ভালো মেয়ে। অনেকদিন দেশের বাইরে ছিলাম। কিছুদিন হলো এসেছি, ভাবলাম মেয়েটিকে দেখে যাই। এসে দেখি তালা বন্ধ। তালার সঙ্গের চিঠিখানা পড়ে দেয়াশলাই কিনতে গিয়েছি আর তুমি এসেছ।

আপনাকে বসাই কোথায়— আসেন, চা খান এক কাপ।

না, আমার ডায়াবেটিস, চা থাক। তুমি মেয়েটিকে এই চকোলেটগুলি দিয়ে দিও, আচ্ছা?

ভদ্রলোক কালো ব্যাগ খুলে চকোলেট বের করতে লাগলেন।

বিদেশে থাকাকালীন প্রায়ই মনে হতো মেয়েটির বিয়ে হয়ে যায়নি তো? হলে কোথায় হলো?

না, বিয়ে হয়নি এখনো।

আচ্ছা তাহলে যাই, কেমন?

রাবেয়া বেশ মেয়ে তো! পথের লোকজনদের সঙ্গে ছোট বয়সেই কেমন খাতির জমিয়েছে। এমন খাতির যে একেবারে বিদেশ থেকে চকোলেট এনেছেন তিনি। চকোলেট খাওয়া মেয়েটি কত বড় হয়েছে জানলে আর চকোলেট আনতেন না নিশ্চয়ই। রাবেয়ার এমন আরো কয়েকজন বন্ধু আছে। একজন ছিল আবুর মা। কী যে ভালোবাসত রাবেয়াকে! রোজ একবার খোঁজ নেওয়া চাই। রাবেয়ার যেবার অসুখ হলো, টাইফয়েড, আবুর মা তার ঘরসংসার নিয়ে আমাদের বারান্দায় উঠে এলো। পনেরো দিনের মতো ছিল অসুখ, সেই ক'দিন বুড়ি এখানেই ছিল। মা

ভারী বিরক্ত হয়েছিলেন। মেয়ের অমঙ্গল হবে ভেবে তাড়িয়েও দিতে পারেননি। হঠাৎ একদিন আবুর মা আসা বন্ধ করে দিল। হয়তো চলে গিয়েছিল অন্য কোথাও কিংবা মারাটারা গিয়েছে গাড়ি চাপা পড়ে। রাবেয়াকে ঠাট্টা করে সবাই 'আবুর মার সখী' ডাকত। বাবা ডাকতেন 'আবুর নানী'। রাবেয়া রাগত না মোটেই। আবুর মার সঙ্গে রাবেয়া হেসে হেসে কথা কইছে, ছবির মতো ভাসে চোখে।

ও বুড়ি, আজ কত পেয়েছ?

দুইসের চাউল, আর চাইর আনা পয়সা। এই কাপড়টা দিছে পুরানা পল্টনের এক বেগম সায়েব।

দেখি কী কাপড়!

রাবেয়া গম্ভীর হয়ে কাপড় দেখত, ভালো কাপড়।

ছাপটা বালা?

হ্যাঁ হ্যাঁ, খুব ভালো ছাপ।

রাবেয়াটা বেশ পাগলাটে। ছোট বয়স থেকেই।

ও! ইনি আবিদ হাসেন।

রাবেয়া হাসি মুখে বলল। চকোলেটের প্যাকেট পেয়ে সে খুব খুশি হয়েছে।

কোথায় দেখা হয়েছে তার সাথে?

বাসায় এসেছিলেন, দাঁড়িয়ে দাঁড়িয়ে আলাপ হলো। ছোটবেলা তোকে নাকি লিফট্ দিতেন গাড়িতে?

হ্যাঁ। স্কুলটা অনেক দূরে পড়ে গিয়েছিল। যাওয়ার সময় বাবা সঙ্গে যেতেন, আসবার সময় প্রায়ই এই ভদ্রলোকের সঙ্গে দেখা হতো। আমাদের দু'জনের মধ্যে খুব খাতির হয়েছিল। দাঁড়া সবটা বলি। চা বানিয়ে আনি আগে।

ঘরে আলো জ্বলছিল না। বাইরে ভীষণ দুর্যোগ। অল্প একটু ঝড় বাদলা হলেই এখানকার কারেন্ট চলে যায়। ঘরে যে একটি মাত্র হারিকেন ছিল সেটি জ্বালিয়ে লুডু খেলা হচ্ছে। বাবাও খেলছেন বেশ সাড়াশব্দ করেই। রুনুর গলা সবচে' উঁচুতে।

সে কী বাবা, তোমার চার হয়েছে পাঁচ চাললে যে?

পাঁচই তো উঠল।

হুঁ, আমার বুঝি চোখ নাই! এবার থেকে তোমার দান আমি মেরে দেব।

অন্ধকার ঘরে বসে বৃষ্টি পড়া দেখছি। দেখতে দেখতে বর্ষা এসে গেল। ঝমঝমিয়ে বৃষ্টি নামছে। টিনের চালে বাজনার মতো বৃষ্টি অপূর্ব লাগে। রাবেয়া চা নিয়ে খাটে উঠে এলো। দু'জনে চাদর গায়ে মুখোমুখি বসলাম। রাবেয়া বলল, গোড়া থেকে বলি ?

বল।

থ্রিতে পড়ি তখন। মর্নিং স্কুল। এগারোটায় ছুটি হয়ে গেছে। আমি আর উকিল সাহেবের মেয়ে রাহেলা বাসায় ফিরছি, এমন সময় ঐ ভদ্রলোক কী মনে করে লম্বা পা ফেলে আমাদের কাছে এলেন। আমাকে বললেন, তোমরা কোথায় যাবে ? চলো তোমাদের পৌঁছে দেই। গাড়ি আছে আমার। ঐ দেখ, দাঁড়া করিয়ে রেখেছি।

রাহেলা বলল, আমরা হেঁটে যেতে পারব।

না না, হেঁটে যাবে কেন, এসো এসো গাড়িতে এসো। মিষ্টি খাবে তোমরা ? নিশ্চয়ই খাবে। কি বলো ?

ভদ্রলোক আমাদের দিকে না তাকিয়ে ড্রাইভারকে বললেন, তুমি নেমে যাও, একটা রিকশা করে জিনিসগুলো নিয়ে যাও, আমি বাচ্চাদের নিয়ে একটু ঘুরে আসি।

আমরা কী করব ভেবে পাচ্ছিলাম না। গাড়িতে চড়ার লোভ ষোলআনা আছে। আবার ভয় ভয়ও করছে। রাহেলা ফিস ফিস করে বলল, ও কেরে ভাই ?

আমি মিথ্যা করে বললাম, আমাদের একজন চেনা লোক, চল বেড়িয়ে আসি।

রাহেলা বলল, ছেলেধরা না তো ?

তখন চারদিকে খুব ছেলেধরার কথা শোনা যেত। ছেলেধরারা নাকি ছেলেমেয়ে ধরে নিয়ে হোটেলে বিক্রি করে দেয়। সেখানে মানুষের মাংস রান্না হয়। কে আবার মাংস খেতে গিয়ে একটি বাচ্চা মেয়ের কড়ে আঙুল পেয়েছে। এই জাতীয় গল্প। রাহেলার কথা শুনে ভয় পেলেও হেসে উড়িয়ে দিয়ে বলেছি,

ছেলেধরা এমন হয় বুঝি ?

ভদ্রলোক গাড়ির দরজা খুলে আমাদের ডাকলেন। উঠে বসলাম দু'জনেই।

মিষ্টির দোকান দেখে তো আমি হতভম্ব। মেঝেতে কার্পেট, দেয়ালে দেয়ালে ছোট ছোট লম্বা মাদুরে অদ্ভুত সব ছবি, টেবিলের চারপাশে ধবধবে প্লাস্টিকের চেয়ার, প্রতিটি টেবিলে সবুজ কাচের ফুলদানিতে টাটকা ফুল। ঘরের মাঝখানটায় কাচের জারে রং বেরংয়ের মাছ। রাহেলা পাংশু মুখে বলল, আমার বড় ভয় করছে ভাই।

বলো খুকিরা, কী খাবে ? কোনো লজ্জা নেই, যত ইচ্ছে আর যা খুশি। আমি নিজে মিষ্টি খাই না। তোমরা খাও।

ভদ্রলোক হড়বড়িয়ে কথা বলতে বলতে সিগারেট ধরালেন। রাহেলার দিকে তাকিয়ে বললেন, তোমার কী নাম খুকি ?

রাহেলা। পাংশু মুখে বলল রাহেলা।

খাও খাও, লজ্জা করো না।

রাহেলা কাঁদো কাঁদো হয়ে বলল, আমার ভয় করছে, আমি বাসায় যাব।

অল্প দিনেই ভয় ভেঙে গেল আমাদের। ভদ্রলোকের সঙ্গে রোজ দেখা হতে লাগল। তিনি যেন গাড়ি নিয়ে দাঁড়িয়ে থাকতেন আমাদের জন্যেই। দেখা হলেই বলতেন, গাড়িতে করে বেড়াতে ইচ্ছে হয় খুকি ? ড্রাইভার, মেয়ে দু'টিকে নিয়ে একটু বেড়িয়ে আস।

শুধু রাহেলাই নয়, মাঝেমাঝে অন্য মেয়েরাও থাকত। তারা বলত, রাবেয়া, কেউ যদি দেখে ফেলে তবে ?

এর মধ্যে আমি অসুখে পড়লাম। এক মাসের মতো স্কুলে কামাই। হাড় জিরজিরে রোগা হয়ে গেছি। পায়ের উপর দাঁড়াতে পারি না এমন অবস্থা, মাথার সব চুল পড়ে গেছে, আঙুল ফুলে গেছে। অফিস থেকে ফিরেই বাবা আমাকে কোলে নিয়ে বেড়াতেন। একদিন এমন বেড়াচ্ছেন, হঠাৎ দেখি ঐ লোকটি গট্ গট্ করে ঢুকছে গেট দিয়ে, মুখে সিগারেট, ঘনঘন ধোঁয়া ছাড়ছেন। বাবা অবাক হয়ে বললেন, কী চান আপনি ?

মেয়েটির অসুখ করেছে ?

হ্যাঁ।

কী অসুখ ?

লিভার ট্রাবল।

আপনি যদি বলেন তবে আমি একজন বড় ডাক্তার পাঠাতে পারি, আমার

একজন বন্ধু আছেন।

বাবা একটু রেগে বললেন, মেয়েকে বড় ডাক্তার দেখাব না টাকার অভাবে, এই ভেবেছেন আপনি ?

ভদ্রলোক বললেন, কাকে দেখিয়েছেন, আপনি যদি দয়া করে—

শরাফত আলীকে।

ভদ্রলোক খুশি হয়ে গেলেন। আমি শরাফতের কথাই বলছিলাম।

বাবা বললেন, আপনি চলে যান। কেন এসেছেন এখানে ?

না মানে—

আর আসবেন না।

ভদ্রলোক খুব দ্রুত চলে গেলেন। কথাবার্তা শুনে মা বেরিয়ে বললেন, কী হয়েছে ? কার সঙ্গে কথা বলছিলে ?

আবিদ হোসেন এসেছিল।

যদিও আমি তখন খুব ছোট, তবু বাবা মা দু'জনের ভাবভঙ্গি দেখেই আঁচ করেছিলাম এই লোকটি তাঁদের চেনা এবং দু'জনের কেউই চান না সে আসুক। তারপর আর দেখিনি তাঁকে। এই এতদিন পর আবার এসেছেন চকোলেট নিয়ে।

লোকটি কে রে রাবেয়া ?

রাবেয়া জবাব দেবার আগেই বাবা ঢুকলেন, ভাত দিয়ে যাও মা। সকাল সকাল খেয়ে শুড়ে পড়ি।

আগে চকোলেট খাও বাবা। এই নাও।

কে এনেছে চকোলেট ? খোকা, তুই নাকি ?

না বাবা, আবিদ হোসেন এনেছেন।

বাবা একটু অবাক হয়ে বললেন, দেশে ফিরেছে জানি না তো। এক জার্মান মেয়েকে বিয়ে করেছিল শুনেছিলাম। সেখানেই নাকি থাকবে।

আমি বললাম, আবিদ হোসেন কে বাবা ?

আমার একজন বন্ধুমানুষ। রেলওয়ে ইঞ্জিনিয়ার, খুব ভালো সেতার বাজাতে জানে।

সকাল সকাল খাওয়া সারা হলো। একটি মাত্র হারিকেনে চারদিক ভৌতিক লাগছে। আমাদের বড় বড় ছায়া পড়েছে দেয়ালে। বাইরে প্রচণ্ড বৃষ্টি। ঝড় উঠেছে হয়তো, শোঁ শোঁ আওয়াজ দিচ্ছে। মন্টু বলল, বাবা গল্প বলো।

কিসের গল্প, ভূতের ?

নিনু বলল, না আমি ভয় পাচ্ছি, হাসির গল্প বলেন।

বাবা বললেন, রাবেয়া, তুই একটা হাসির গল্প বল।

রাবেয়ার হাসির গল্পটা তেমন জমল না। বাবা অবশ্যি অনেকক্ষণ ধরে হাসলেন।

রুনু বলল, মনে পড়ে আপা, মা একদিন এক কানা সাহেবের গল্প বলছিল ? সেদিনও এমন ঝড়-বৃষ্টি।

কোন গল্পটার কথা বলছিস ?

ঐ যে, সাহেব বাজারে গেছে গুড় কিনতে।

মনে নেই তো গল্পটা, বল তো!

রুনু চোখ বড় বড় করে গল্প বলে চলল। রুনুটা অবিকল মায়ের চেহারা পেয়েছে। এই বয়সে হয়তো মা দেখতে এমনই ছিলেন। কেমন অবাক লাগে—একদিন মা যে গল্প করে গেছেন সেই গল্পই তাঁর এক মেয়ে করছে। পরিবেশ বদল হয়নি একটুও, সেদিন ঝড়-বৃষ্টি হচ্ছিল, আজও হচ্ছে।

গল্প শেষ হতেই বাবা একটা দীর্ঘ নিঃশ্বাস ফেললেন। টানা গলায় বললেন, শুয়ে পড় সবাই।

শুয়ে শুয়ে আমার কেবলই মায়ের কথা মনে পড়তে লাগল, বেশ কিছুদিন আগেও একদিন এরকম মনে পড়েছিল। সেকেন্ড ইয়ারের ক্লাস নিচ্ছি, হঠাৎ দেখি বারান্দায় একটি মেয়ে দাঁড়িয়ে দাঁড়িয়ে কার সঙ্গে যেন গল্প করছে। দেখামাত্র ধক্ করে উঠল বুকের ভেতর। অবিকল মায়ের মতো চেহারা। তেমনি দাঁড়াবার ভঙ্গি, বিরক্তিতে ভ্রূ কুঁচকে নিচের ঠোঁট কামড়ে ধরা। আমি এত বেশি বিচলিত হলাম যে, ক্লাসে কী বলছি নিজেই বুঝতে পারছিলাম না। ক্লাস শেষ হলেই মেয়েটির সঙ্গে আলাপ করব এই ভেবে প্রাণপণে ক্লাসে মন দিতে চেষ্টা করলাম। ক্লাস এক সময় শেষ হলো, মেয়েটিকে খুঁজে পেলাম না। সেদিনও সমস্তক্ষণ মায়ের কথা ভেবেছিলাম। সে রাতে অনেক দিন পর স্বপ্ন দেখলাম মাকে। মা ছোট্ট খুকি হয়ে গেছেন। ফ্রক পরে ঘুরে বেড়াচ্ছেন ঘরময়। আমি বলছি, মা, আপনি এত হৈচৈ করবেন না, আমি ঘুমুচ্ছি।

মা বললেন, বারে আমি বুঝি এক্কা-দোক্কাও খেলব না ?

খেলুন, তবে শব্দ করে নয়।

তুই খেলবি আমার সঙ্গে, খোকা ?

না, আমি কত বড় হয়েছি দেখছেন না ? আমার বুঝি এসব খেলতে আছে ?

খুব অবাক হয়েছিলাম স্বপ্নটা দেখে। এমন অবাস্তব স্বপ্নও দেখে মানুষ।

মায়ের চারদিকের রহস্যের মতো স্বপ্নটাও ছিল রহস্যময়। চারদিকে রহস্যের আবরণ তুলে তিনি আজীবন আমাদের চেয়ে আলাদা হয়ে ছিলেন। শুধু কি তিনিই ? তাঁর পরিবারের অন্য মানুষগুলিও ছিল ভিন্ন জগতের মানুষ, অন্তত আমাদের কাছে।

মাঝে-মাঝে বড় মামা আসতেন বাসায়। বাবা তটস্থ হয়ে থাকতেন সারাক্ষণ। দৌড়ে মিষ্টি আনতে যেতেন। রাবেয়া গলদঘর্ম হয়ে চা করত, নিমকি ভাজত। বড় মামা সিকি কাপ চা আর আধখানা নিমকি খেতেন। যতক্ষণ থাকতেন অনবরত পা নাচাতেন আর সিগারেট ফুঁকতেন। আমাদের দিকে কখনো মুখ তুলে তাকিয়েছেন বলে মনে পড়ে না। বাবা অবশ্যি এক এক করে আমাদের নিয়ে যেতেন তাঁর সামনে। আমরা নিজেদের নাম বলে জড়োসড়ো হয়ে দাঁড়িয়ে থাকতাম। মামা ভীষণ অবাক হয়ে বলতেন, এরা সবাই শিরিনের ছেলেমেয়ে ? কী আশ্চর্য!

আশ্চর্যটা যে কী কারণে তা বুঝতে না পেরে আমরা মুখ চাওয়া-চাওয়ি করতাম। মামা রুমাল দিয়ে ঠোঁট মুছতে মুছতে বলতেন, বুঝলেন আজহার সাহেব, শিরিন ছোটবেলায় মোটেই ছেলেমেয়ে দেখতে পারত না, তারই কিনা এতগুলি ছেলেমেয়ে!

এই যে, এইটিই কি বড় ছেলে ?

মামা আঙুল ধরে রাখতেন আমার দিকে। আমি ঘাড় নাড়তাম।

মামা বলতেন, কী পড়া হয় ?

নাইনে পড়ি।

বাবা অতিরিক্ত রকমের খুশি হয়ে বলতেন, খোকা এইটের বৃত্তি পরীক্ষায় ফার্স্ট হয়েছে। জ্বর নিয়ে পরীক্ষা দিয়েছিল। স্কুল থেকে একটা মেডেল দিয়েছে। গোল্ড মেডেল। রাবেয়া, যাও তো মা, মেডেলটা তোমার মামাকে দেখাও। ছোট ট্রাংকে আছে।

ব্লেডের মতো পাতলা মেডেলটা মামা ঘুরিয়ে ফিরিয়ে দেখতেন। আবেগশূন্য গলায় বলতেন, শিরিনের মতো মেধাবী হয়েছে ছেলে। শিরিন মেট্রিকুলেশনে মেয়েদের মধ্যে প্রথম হয়েছিল।

বলতে বলতে মামা গম্ভীর হয়ে যান। অপ্রাসঙ্গিকভাবে বলেন, আমাদের পরিবারটাই ছিল অন্য ধরনের। হাসিখুশি পরিবার। বাড়ির নাম ছিল 'কারা কানন'। দেয়ালের আড়ালে ফুলের বাগান। শিরিন নিজেই দিয়েছিল নাম।

মা আসতেন আরো কিছু পরে। খুব কম সময় থাকতেন। আমরা বেরিয়ে আসতাম সবাই। এক সময় দেখতাম মুখ কালো করে মামা উঠে যেতেন। মা শুয়ে শুয়ে কাঁদতেন সারা দুপুর। আমরা মনমরা হয়ে ঘুরে বেড়াতাম। কিছুই ভালো লাগত না। সেই অল্প বয়সেই মাকে কী গভীর ভালোই না বেসেছিলাম! অথচ তিনি ছিলেন খুবই নিরাসক্ত ধরনের। কথাবার্তা বলতেন কম। নিঃশব্দে হাঁটতেন। নিচু গলায় কথা বলতেন। মাঝে মাঝে মনে হতো বড় রকমের হতাশায় ডুবে গেছেন। তখন সময় কাটাতেন বিছানায় শুয়ে শুয়ে। প্রয়োজনের কথাটিও বলতেন না। ঘরের কাজ রাবেয়া আর একটা ঠিকে ঝি মিলে করত। বিষণ্নতায় ডুবে যেত সারা বাড়ি। বাবা অফিস থেকে এসে চুপচাপ বসে থাকতেন বারান্দায়। রাবেয়া চা এনে দিত। বাবা ফিসফিস করে বলতেন, তোর মাকে দিয়েছিস ?

না, মা খাবে না।

আহা, দিয়েই দেখ না।

ভাতই খায়নি দুপুরে।

অ।

রুনু-ঝুনু সকাল সকাল বই নিয়ে বসত। গলার সমস্ত জোর দিয়ে পড়ত দু'জনে। বাবা কিছুক্ষণ বসতেন তাদের কাছে আবার যেতেন রান্নাঘরে রাবেয়ার কাছে। কিছুক্ষণ পরই আবার উঠে আসতেন আমার কাছে। ইতস্তত করে নিতান্ত অপ্রাসঙ্গিক ব্যাপার উত্থাপন করতেন।

খোকা, তোদের কলেজে মেয়ে প্রফেসর আছে ?

আছে।

বিয়ে হয়েছে নাকি ?

হয়েছে কারো কারো।

সবগুলির নিশ্চয়ই হয়নি। কলেজের মেয়ে প্রফেসরদের বিয়ে হয় না।

কিংবা হয়তো জিজ্ঞেস করেন, তোর কোনোদিন রাতেরবেলা পানির পিপাসা পায় ?

পায় মাঝে মাঝে।

কী করিস তখন ?

পানি খাই, আর কী করব ?

খালি পেটে পানি খেতে নেই, এর পর থেকে বিস্কুট এনে রাখবি। আধখানা খেয়ে এক ঢোক পানি খাবি, বুঝলি তো ?

বুঝেছি।

কথা বলবার জন্যেই কথা বলা। মাঝে মাঝে মা'র উপর বিরক্ত লাগত। কেন, আমরা কী দোষ করেছি ? এমন করবেন কেন আমাদের সাথে ?

অবশ্যি বিপরীত ব্যাপারও হয়! অদ্ভুত প্রসন্নতায় মা ভরে ওঠেন। বেছে বেছে শাড়ি পরেন। লম্বা বেণি করে চুল বাঁধেন। মন্টু অবাক হয়ে বলে, মা, তোমাকে অন্য বাড়ির মেয়ের মতো লাগছে।

মা অবাক হয়ে জিজ্ঞেস করেন, কী বললি মন্টু ?

বললাম তোমাকে অন্যরকম লাগছে। তুমি যেন বেড়াতে এসেছ আমাদের বাড়ি। রুনু বলে উঠে, মন্টুটা বড় বোকা, তাই না মা ?

মা হেসে হেসে রাবেয়াকে জিজ্ঞেস করেন, ও রাবেয়া, তোর গান ভালো লাগে ?

হ্যাঁ মা, খুউব।

আমার বড়দাও ভারী গানপাগল ছিলেন। রোজ রাতে আমরা ছাদে বসে রেকর্ড বাজাতাম। চিন্ময়ের রবীন্দ্রসঙ্গীত যা ভালোবাসত বড়দা!

মা, তুমিও তো গান জানো। তোমার নাকি রেকর্ড আছে গানের ?

মা রাবেয়ার দিকে তাকিয়ে অল্প অল্প হাসেন, খুশি খুশি গলায় বলেন, স্কুলে যখন পড়ি তখন রেকর্ড হয়েছিল। মেসবাহ্উদ্দিন ছিলেন তখন রেডিওর রিজিওনাল ডাইরেক্টর। তিনিই সব করিয়েছিলেন। এক পিঠে আমার, এক পিঠে পিনু হকের। পিনু হককে চিনিস না ? এখন তো সিনেমায় খুব প্লেব্যাক গায়। খুব নাকি নাম-ডাক। তখন এতটুকু মেয়ে, আমার চেয়েও ছোট।

যদিও আমরা সবাই জানতাম গানের একটা রেকর্ড আছে তবু গানটি শুনিনি কেউ। পুরনো রেকর্ড বাজারে পাওয়া যেত না। নানার বাড়িতে যে কপিটি আছে সেটি আনার কথা কখনো মনে পড়েনি। মা কিন্তু কোনোদিন গান গেয়ে শোনাননি, এমনকি ভুল করেও না।

মা'র প্রসন্ন দিনগুলির জন্যে আমরা সাগ্রহে অপেক্ষা করতাম। কী ভালোই না লাগত। বাবা নিজে তো মহাখুশি, কী যে করবেন ভেবেই যেন পাচ্ছেন না। অফিসের কোন কলিগ কী করেছে তাই কমিক করে দেখিয়ে হাসাতেন আমাদের। বাবা খুব ভালো কমিক করতে পারতেন। অফিসের ছোট বাবু কেমন করে ল্যাংচাতে ল্যাংচাতে বড় বাবুর চেম্বারে হাজিরা দিতেন— তা এত সুন্দর দেখাতেন! হাসতে হাসতে গড়িয়ে পড়তাম আমরা। মা বলতেন, আর নয়, পেট ব্যথা করছে আমার। ঝুনু চোখ বড় বড় করে বলত, রাবেয়া আপা, বাবা খুব ভালো জোকার, তাই না ?

রাবেয়া রেগে গিয়ে বলত, মারব থাপ্পড়। বাবাকে জোকার বলছে, দেখছ বাবা— মেয়ের কেমন ফিচলে বুদ্ধি হয়েছে? বাবা বলতেন, ঝুনুর আমার এই এতটা বুদ্ধি, যাও তো রুনু ঝুনু একটু নাচ দেখাও।

কিটকির কাছে শেখা আনাড়ি নাচ নাচত দু'জনে। মা মুখে মুখে তবলার বোল দিতেন। বাবা বলতেন, বাহারে বেটি বাহা। কী সুন্দর শিখেছে, বাহ্ বাহ্! এবার মন্টু সোনা, একটি গান গাও।

বলবার অপেক্ষা মাত্র, মন্টু যেন তৈরি হয়েই ছিল, সঙ্গে সঙ্গে শুরু— 'কাবেরী নদীজলে... ।' শুধু এই গানটির সে ছয় লাইন জানে। ছয় লাইন শেষ হওয়া মাত্র বাবা বলতেন, ঘুরে ফিরে ঘুরে ফিরে।

মন্টু ঘুরে ফিরে একই কলি বারবার গাইত। ভালো গানের গলা ছিল। ছেলেমানুষ হিসেবে গলা অবশ্যি মোটা চড়ায় উঠতে পারত না, তবে চমৎকার সুরজ্ঞান ছিল।

মাঝামাঝি সময় দেখা যেত রাবেয়া এক ফাঁকে চা বানিয়ে এনেছে। বিশেষ উপলক্ষ বলেই রুনু-ঝুনু মন্টু আধ কাপ করে চা পেত সেদিন। সুখের সময়গুলি খুব ছোট বলে অসম্ভব আকর্ষণীয় ছিল। ফুরিয়ে যেত সহজেই, কিন্তু সৌরভ থাকত অনেক অনেক দিন।

ভাবতে ভাবতে রাত বেড়ে গেল। মানুষের চিন্তা যতই অসংলগ্ন মনে হোক কিন্তু তলিয়ে দেখলে সমস্ত কিছুতেই বেশ একটা ভালো মিল দেখা যায়। বৃষ্টির রাতে গল্প বলা থেকে ভাবতে ভাবতে কোথায় চলে এসেছি। বৃষ্টি থেমে গেছে অনেকক্ষণ। চারদিকে ভিজে আবহাওয়া, ঠান্ডা বাতাস বইছে। বিদ্যুৎ চমকানিতে ক্ষণিকের জন্য নীলাভ আলো ছড়িয়ে পড়ছে। গলা পর্যন্ত চাদর টেনে ঘুমিয়ে পড়লাম।

মাগো, এত ঘুমুতেও পারেন?

কিটকি হাসি মুখে দাঁড়িয়ে সামনে।

কাল সারারাত ঘুমাননি, না?

দেরিতে ঘুমিয়েছি। তুই যে এত সকালে? শাড়ি পরেছিস, চিনতে পারছি না মোটেই। রীতিমতো ভদ্রমহিলা।

আগে কী ছিলাম? ভদ্রলোক?

না, ছিলি ভদ্রবালিকা। বেশ লম্বা দেখাচ্ছে শাড়িতে, কত লম্বা তুই ?

পাঁচ ফুট এক ইঞ্চি।

বস, মুখ ধুয়ে আসি।

কলঘরে যাওয়ার পথে রাবেয়ার সঙ্গে দেখা, চায়ের ট্রে নিয়ে যাচ্ছে ভেতরে।

ও খোকা, কিটকি বেচারি কখন থেকে বসে আছে, ঘুম ভাঙে না তোর। রাতে কি চুরি করতে গিয়েছিলি ?

হাত-মুখ ধুয়ে এসে বসলাম কিটকির সামনে। সবুজ রঙের শাড়ি পরেছে। ঠোঁটে হালকা করে লিপস্টিক, কপালে জ্বলজ্বল করছে নীল রঙের টিপ। কিটকি বলল, বলুন তো কী জন্যে এই সাত সকালে এসেছি ?

কোনো খবর আছে বোধহয় ?

বলুন না কী খবর ?

দল বেঁধে পিকনিকে যাবি, তাই না ?

কিছুটা ঠিক। আমরা ম্যানিলা যাচ্ছি।

কোথায় যাচ্ছিস ?

ম্যানিলা। পাঁচ বৎসরের চুক্তিতে আব্বা যাচ্ছেন এই ডিসেম্বরে। কী যে ভালো লাগছে আমার!

খুশিতে ঝলমল করে উঠল কিটকি। বুকে ধক্ করে একটা ধাক্কা লাগল আমার।

খুব খুশি লাগছে তোর ?

হ্যাঁ, খুব।

আমাদের জন্যে খারাপ লাগবে না ?

লাগবে না কেন, খুব লাগবে। আমি চিঠি লিখব সবাইকে।

কিটকি, দেখি তোর হাত।

হাত কী দেখবেন ?

ইতস্তত করে হাত বাড়িয়ে দেয় কিটকি। লাল টুকটুকে এতটুকু ছোট্ট হাত।

হাত দেখতে জানেন আপনি ? এতদিন বলেননি তো ? ভালো করে দেখবেন কিন্তু। সব বলতে হবে।

কিটকির নরম কোমল হাতে হাত রেখে আমি আশ্চর্য যাতনায় ছটফট করতে থাকি।

কী দেখলেন বলুন ? বলুন না ?

ও এমনি, আমি হাত দেখতে জানি না।

তবে যে দেখলেন ?

কী জন্যে দেখলাম বুঝতে পারিসনি ? তুই তো ভারী বোকা।

কিটকি হাসি মুখে বলল, বুঝতে পারছি।

কী বুঝতে পারলি ?

বুঝতে পারছি যে আপনিও বেশ বোকা।

কিটকিরা ডিসেম্বরের ন'তারিখে চলে গেল। এ্যারোড্রামে অনেক লোক হয়েছিল। রাবেয়াকে নিয়ে আমিও গিয়েছিলাম সেখানে। কিটকির যে এত বন্ধু আছে তা জানতাম না। হেসে হেসে সবার সঙ্গেই সে কথা বলল। কিটকিকে মনে হচ্ছিল একটি সবুজ পরী। সবুজ শাড়ি, সবুজ জুতো, সবুজ ফিতে এমনকি কাঁধের মস্ত ব্যাগটাও সবুজ। রাবেয়াকে বললাম, কিটকিকে কী সুন্দর মানিয়েছে দেখেছিস ? তুই এমন মিল করে সাজ করিস না কেন ?

সাজ দেখে যদি তোর মতো কোনো পুরুষ-হৃদয় ভেঙে যায় সেই ভয়ে।

খালা লাউঞ্জের এক কোনায় বসেছিলেন। ইশারায় কাছে ডাকলেন। চললাম রে তোদের ছেড়ে।

ফিরবেন কবে ?

কে জানে কবে! কর্তার মর্জি হলেই ফিরব। পাঁচ বছরের মেয়াদ। কী-রে রাবেয়া, হাসছিস কী দেখে ?

রাবেয়া হাত তুলে দেখাল, এক মেম সাহেব তার বাচ্চা ছেলেটিকে নিয়ে বিষম বিব্রত হয়ে পড়েছেন। বাচ্চাটা দমাদম ঘুসি মারছে মাকে। কিছুতেই শান্ত করানো যাচ্ছে না।

সবাই হাসি মুখে দেখছে ব্যাপারটা। খালা বললেন, তুই তো বড় ছেলেমানুষ রাবেয়া। বয়স কত হলো তোর ? আমি যখন সেভেনে পড়ি তখন তোর জন্ম হলো। তার মানে— সে-কী, তোর যে ত্রিশ পেরিয়েছে! কী ব্যাপার ? বুড়ি হয়ে গেলি যে, বিয়ে এখনো হলো না ? কী মুশকিল।

রাবেয়া স্তম্ভিত হয়ে তাকিয়ে রইল। আমি চোখ তুলে রাবেয়ার দিকে তাকাতে পারছিলাম না। এমন অবিবেচকের মতো কথা বুঝি শুধু মেয়েদের পক্ষেই বলা সম্ভব। রাবেয়ার চোখ চকচক করছে, কে জানে কেঁদে ফেলবে কি না। আমি হাত ধরলাম রাবেয়ার।

আমরা যাই খালা, খালুজান কোথায় ?

বুকিং-এ কী যেন আলাপ করছেন।

তাঁকে সালাম দিয়ে দেবেন। খোদা হাফেজ।

কিটকির সঙ্গে গেটে দেখা, তার এক বান্ধবীর সঙ্গে হো হো করে হাসছিল।

যাই কিটকি।

সে-কী ? প্লেন ছাড়তে এখনো চল্লিশ মিনিট।

নারে— একটু সকাল সকাল যেতে হবে, কাজ আছে।

রাবেয়া আপা এমন মুখ কালো করে রেখেছেন কেন ?

রাবেয়া থতমত খেয়ে বলল, তুই চলে যাচ্ছিস তাই! চিঠি দিবি তো ?

রাবেয়া আমার ছ'বছরের বড়। এ বছর একত্রিশে পড়েছে। অথচ কী বাচ্চা মেয়ের মতো হাত ধরে আসছে আমার পিছে পিছে। মাথায় আবার মস্ত ঘোমটাও দিয়েছে। রিকশায় উঠে জড়োসড়ো হয়ে বসে রইল সে।

রাবেয়া, চুপ করে আছিস যে ?

তুই নিজেও তো চুপ করে আছিস।

তুই মুখ কালো করে রাখলে বড় খারাপ লাগে। তুই কি মনে কষ্ট পেয়েছিস ?

রাবেয়া ফিস ফিস করে বলল, আমি কখনো কারো কথায় কষ্ট পাই না। আজ খালার কথা শুনে বড় খারাপ লাগছে।

নির্জন রাস্তায় রিকশা দ্রুত চলছে। রিকশার দুলুনিতে রাবেয়াটা কাঁপছে অল্প অল্প। মাথায় গন্ধ তেল দিয়েছে বুঝি, তার মৃদু সুবাস পাচ্ছি। রাস্তায় কী ধুলো! রাবেয়ার বাঁ হাত অবসন্নভাবে পড়ে আছে আমার কোলে।

খালার কথা এখনো মনে গেঁথে রেখেছিস, খালার কি মাথার ঠিক আছে ?

না, তা নয়। যাই হোক বাদ দে, অন্য কথা বল।

কী কথা ?

কিটকির জন্য তোর খারাপ লাগছে ?

তা লাগছে। যতটা ভাবছিস ততটা নয়।

রাবেয়া অল্প হেসে চুপ করল। তার যে এতটা বয়স হয়েছে মনেই হয় না। এই তো সেদিন যেন কারা দেখতে আসল। বুড়ো ভদ্রলোক মাথা দুলিয়ে বললেন, মেয়ে আপনার ভালো, লক্ষ্মী মেয়ে, দেখেই বুঝেছি। বয়সও বেশি নয়, তবে কিনা আজকালকার আধুনিক ছেলে, তাদের কাছে রূপ মানেই হলো ধবধবে ফর্সা।

বলেই ভদ্রলোক হায়নার মতো হে হে করে হাসতে লাগলেন।

গান জানো মা ? কোনো বাজনা ? এই ধর গিটার ফিটার ? আজকাল আবার এ সবের খুব কদর।

জি-না, জানি না।

এবার বরের এক বন্ধু এগিয়ে এলেন।

আপনি কি মডার্ন লিটারেচার কিছু পড়েছেন ?

না, পড়িনি।

ইবসেনের নাম নিশ্চয়ই শুনেছেন ?

জি-না, শুনিনি।

বিয়ে ভেঙে গেল। আরো একবার সবকিছু ঠিক ঠাক। ছেলেটিও ভালো, অথচ রাবেয়াই বেঁকে বসল।

ও ছেলে বিয়ে করব না।

কেন বল তো ? ছেলে দেখে পছন্দ হচ্ছে না ?

না না, পছন্দ হবে না কেন, বেশ ভালো ছেলে।

তবে বেতন কম পাচ্ছে বলে ?

ছিঃ সেজন্য কেন হবে ? আর বেতন কমই বা কী ?

ঠিক করে বল তো, অন্য কোনো ছেলেকে ভালো লাগে ?

গাঁধা! সিনেমা দেখে দেখে তোর মাথা খারাপ হয়ে গেছে।

কী জন্যে বিয়ে করবি না বল।

ছেলেটা বড় বাচ্চা। বয়সে ওর দেড়গুণ বড় আমি। আমার ভীষণ লজ্জা করছে। তাছাড়া একটা কথা তোকে বলি খোকা—

বল।

বিয়ে-টিয়ে করতে আমার একটুও ইচ্ছে হয় না। ওটা একটা বাজে ব্যাপার! অজানা অচেনা একটা ছেলের সঙ্গে শুয়ে থাকা, ছিঃ!

রিকশা দ্রুত চলছে। রাবেয়া চুপ করে বসে। রোদের লালচে আঁচে রাবেয়ার মুখটাও লালচে হয়ে উঠেছে! কী ভাবছে সে কে বলবে।

রুনু টেবিল ল্যাম্প জ্বালিয়ে কী যেন একটা লিখছিল। আমাকে দেখেই হকচকিয়ে উঠে দাঁড়াল। লেখা কাগজটা সন্তপর্ণে আড়াল করে বলল, কী দাদা?

কোথায় কী? কী করছিলি?

রুনু টেনে টেনে বলল, অংক করছিলাম। বলতে গিয়ে যেন কথা বেঁধে গেল মুখে। একটু বিস্মিত হয়েই বেরিয়ে আসলাম। রুনু কি কাউকে ভালোবাসার কথা লিখছে? বিচিত্র কিছু নয়। ওর যা স্বভাব অকারণেই একে-ওকে চিঠি লিখে ফেলতে বাঁধবে না। রুনু-ঝুনু দু'জনেই মস্ত বড় হয়েছে। আগের চেহারার কিছুই অবশিষ্ট নেই। স্বভাবও বদলেছে কিছুটা। দু'জনেই অকাতরে হাসে। সারাদিন ধরেই হাসির শব্দ শুনি। কিছু-না-কিছু নিয়ে খিলখিল লেগেই আছে।

ও মাগো, ঝুনুকে এই শাড়িতে কাজের বেটির মতো লাগছে! হি হি হি!

ও রুনু দেখ দেখ, রাবেয়া আপা কী করছে, হি হি হি!

আপা শুন আজ সকালে কী হয়েছে, আমি— হি হি হি, রাস্তা দিয়ে যাচ্ছি— হি হি হি...

আবার অতি সামান্য ব্যাপার নিয়ে ঝগড়া। মুখ দেখাদেখি বন্ধ। কিছুক্ষণের ভেতর আবার মিটমাট। লুকিয়ে লুকিয়ে ম্যাটিনিতে সিনেমা দেখা। সাজগোজের দিকে প্রচণ্ড নজর। সব মিলিয়ে বেশ একটা দ্রুত পরিবর্তন। আগের যে রুনু ঝুনুকে চিনতাম এরা যেন সেই রুনু-ঝুনু নয়। বিশেষ করে এই গোপন চিঠি লেখার ভঙ্গিটা খট করে চোখে লাগে।

রাবেয়া মোড়ায় বসে সুয়েটার সেলাই করছিল। তাকে বললাম, আচ্ছা কোনো ছেলের সঙ্গে কি রুনুর চেনা জানা হয়েছে নাকি?

রাবেয়া কিছুক্ষণ আমার দিকে তাকিয়ে থেকে বলল, কিটকির কথা রাত দিন ভেবে ভেবে তোর এমন হয়েছে। কিটকির চিঠি পাসনি নাকি?

না, আমার কেমন যেন সন্দেহ হলো। শরীফ সাহেবের ছেলেটা দেখি প্রায়ই আসে, মনসুর বোধহয় নাম।

আসে আসুক না। যখন ন্যাংটা থাকত তখন থেকে এ বাড়িতে এসে খেলেছে

রুনু ঝুনুর সঙ্গে।

যখন খেলেছে তখন খেলেছে। এখন রুনু ঝুনুও বড় হয়েছে, ও নিজেও বড় হয়েছে।

কী বাজে ব্যাপার নিয়ে ফ্যাঁচ ফ্যাঁচ করছিস। বেশ তো, যদি ভালোবাসাবাসি হয় বিয়ে হবে। মনসুর চমৎকার ছেলে। ইঞ্জিনিয়ারিং পাশ করে কোথায় যেন চাকরিও পেয়েছে।

এক কথায় সমস্যার সমাধান করে রাবেয়া সেলাই-এ মন দিল।

মন্টুটারও ভীষণ পরিবর্তন হয়েছে। মস্ত জোয়ান। পড়াশোনায় তেমন মন নেই। প্রায়ই অনেক রাতে বাড়ি ফেরে। কী এক কায়দা বের করেছে— বাইরে থেকেই টুকুস করে বন্ধ দরজা খুলে ফেলে।

পত্রিকায় নাকি মাঝে মাঝে তার কবিতা ছাপা হয়। যেদিন ছাপা হয় সেদিন লজ্জায় মুখ তুলে তাকায় না। যেন মস্ত অপরাধ করে ফেলেছে এমন হাব-ভাব। চমৎকার গানের গলা হয়েছে। গানের মাস্টার রেখে শিখালে হয়তো ভালো গাইয়ে হতো। মাঝে মাঝে আপন মনে গায়। কোনো কোনো দিন নিজেই অনুরোধ করি, মন্টু একটা গান কর ত।

কোনটা ?

'চাঁদের হাসির বাঁধ ভেঙ্গেছে।'

রবীন্দ্রসঙ্গীত না, একটা আধুনিক গাই শোন।

বাতি নিবিয়ে দে, অন্ধকারে গান জমবে।

বাতি নিবিয়ে গান গাওয়া হয়। এবং গানের গলা শুনলেই বাবা টুক টুক করে হাজির। বাবার শরীর ভীষণ দুর্বল হয়েছে। হাঁপানি বাত সব একসঙ্গে চেপে ধরেছে। বিকেলবেলায় একটু হাঁটেন, বাকি সময় বসে বসে কাটে। রাবেয়া রাত আটটা বাজতেই গরম তেল এনে বুকে মালিশ করে দেয়। তখন বাবা বিড়বিড় করে আপন মনে কথা বলেন। রাবেয়া বলে, একা একা কী বলছেন বাবা ?

না মা, কিছু বলছি না, কী আর বলব।

একটু আরাম হয়েছে ?

হবে না কেন মা ? তোর মতো মেয়ে যার আছে তার হাজার দুঃখ-কষ্ট থাকলেও কিছু হয় না। লক্ষ্মী মা আমার। আমার সোনার মা।

আহ্, বাবা কী বলেন, লজ্জা লাগে।

তাহলে থাক। মনে মনে তোর গুণ গাই।

বাবা চুপ করেন।

সবচে' ছোট যে নিনু সেও দেখতে দেখতে বড় হয়ে গেল। মা'র চেয়েও রূপসী হয়েছে সে। পাতলা ঠোঁট, একটু থ্যাবড়া নাক, বড় বড় ভাসা চোখ সব সময় ছল ছল করছে। ঐ তো সেদিনও হামাগুড়ি দিয়ে বেড়াত। থ থ থ বলে আপন মনে গান করত, আর আজ একা একা স্কুলে যায়, সাবলীল গর্বিত হাঁটার ভঙ্গি। একটু পাগলাটে হয়েছে সে। স্কুল থেকে ফিরে এসেই বই-খাতা ছুড়ে ফেলে মেঝেতে, তারপর জাপটে ধরে রাবেয়াকে।

ছাড় ছাড়, কী করিস ? ছাড়!

না, ছাড়ব না।

কী বাজে অভ্যেস হয়েছে তোর।

হোক।

হাত-মুখ ধুয়ে চা খা।

পরে খাব, এখন তোমাকে ধরে রাখব।

বেশ থাক ধরে !

রাবেয়া আপা।

কী ?

কোলে নাও।

এত বড় মেয়ে, কোলে নেব কী-রে বোকা!

না না, নিতেই হবে।

তারপর দেখি নিনু রাবেয়ার কোলে উঠে লাজুক হাসি হাসছে। আমার সঙ্গেও বেশ ভাব হয়েছে তার। রাতের খাওয়া হয়ে গেলে আমার বিছানায় উঠে এসে বালিশ নিয়ে কিছুক্ষণ দাপাদাপি করে।

কী হচ্ছে রে নিনু ?

যুদ্ধ যুদ্ধ খেলছি।

দাদা।

কী ?

গল্প বলবে কখন ?

আরো পরে, এখন পড়াশুনা কর।

না, আমি পড়ব না, যুদ্ধ যুদ্ধ খেলব।

বেশ খেল।

তুমি খেলবে দাদা ?

না।

আস না ? এই বালিশটা তুমি নাও, হ্যাঁ এবার মার তো দেখি আমাকে ?

রাবেয়ার আগের হাসি-খুশি ভাব আর নেই। সারাক্ষণ দেখি একা একা থাকে। অনেক রাত পর্যন্ত তার ঘরে বাতি জ্বলে। রাত জেগে সে কী করে কে জানে। রাবেয়াটার জন্যে ভারি কষ্ট হয়। বিয়ে করল না শেষ পর্যন্ত। মেঘে মেঘে বেলা তো আর কম হয়নি। আমি মনে প্রাণে চাই তাকে হাশি খুশি রাখতে। মাঝে মাঝে বলি, রাবেয়া, সিনেমা দেখবি ?

না।

চল না যাই সবাই মিলে। কতদিন ছবি দেখি না।

তুই যা রুনু ঝুনুদের নিয়ে, কত কাজ ঘরের।

যা কাজ রুনু ঝুনুই করতে পারবে। আয় তুই আর আমি দু'জনে যাই।

নারে, ইচ্ছে করছে না।

তাহলে চল একটু বেড়িয়ে আসি।

কোথায় ?

তুই যেখানে বলিস।

আজ থাক।

আমি অস্বস্তিতে ছটফট করি। রাবেয়ার দিকে চোখ তুলে তাকাতেও লজ্জা হয়। যেন তার মানসিক দুঃখ-কষ্টের অনেকটা দায়ভাগ আমার। একদিন রাবেয়া নিজেই বলল, চল খোকা বেড়িয়ে আসি।

আমি খুশি হয়ে বললাম, চল, সারাদিন আজ ঘুরব। বল, কোথায় কোথায় যাবি ?

প্রথম যাব আমার এক বন্ধুর বাসায়। একটা রিকশা নে।

রিকশা যে বাড়ির সামনে থামল তা দেখে চমকালাম। রাজপ্রাসাদ নাকি! বাড়ির সামনে কী প্রকাণ্ড ফুলের বাগান। আমি বললাম, রাবেয়া তুই ঠিক জায়গায় এসেছিস তো ? কার বাড়ি এটা ?

আবিদ হোসেনের, ঐ যে ছোটবেলায় আমাকে গাড়িতে করে স্কুলে পৌঁছে দিত।

বাসা কী করে চিনলি ?

এসেছিলাম তো তার সঙ্গে বাসায়।

আবিদ হোসেন বাসায় ছিলেন না। একজন বিদেশিনী মহিলা খুব আন্তরিকভাবে আমাদের বসতে বললেন। কী দরকার বারবার জিজ্ঞেস করলেন। চমৎকার বাংলা বলেন তিনি।

রাবেয়া বলল, কোনো প্রয়োজন নেই। এমনি বেড়াতে এসেছি। ছোটবেলায় তিনি আমার খুব বন্ধু ছিলেন।

ভদ্রমহিলা কফি করে খাওয়ালেন। বেরিয়ে আসবার সময় মস্ত বড় বড় ক'টি গোলাপ তুলে তোড়া করে দিলেন রাবেয়ার হাতে। একজন অপরিচিত বিদেশিনীর এমন ব্যবহার সত্যিই আশা করা যায় না।

রাবেয়া বেরিয়ে এসে বলল, চল খোকা, এই ফুলগুলি মা'র কবরে দিয়ে আসি। এই তিনটা দিবি তুই, বাকি তিনটা দিব আমি। আয় যাই।

বেশ কেটে যাচ্ছে দিন। কিটকির চিঠি হঠাৎ মাঝে মাঝে এসে পড়ে। 'কেমন আছেন ভালো আছি' গোছের। একঘেয়ে জীবনের মধ্যে এইটুকুই যেন ব্যতিক্রম। হঠাৎ করে একদিন সবার একঘেয়েমি কেটে গেল। মনসুরের বাবা এক সন্ধ্যায় বেড়াতে এসে অনেক ভণিতার পর বাবাকে বললেন, আপনার মেয়ে রুনুকে যদি দেন আমাদের কাছে, বড় খুশি হই। মনসুরের নিজের খুব ইচ্ছা। মনসুরকে আপনি ছোটবেলা থেকেই দেখেছেন। চাকরিও পেয়েছে চিটাগাং স্টিল মিলে, নয়শ' টাকার মতো বেতন, কোয়ার্টার আছে। তা ছাড়া আপনার মেয়েরও মনে হয় কোনো অমত নেই।

বাবা সঙ্গে সঙ্গে রাজি হয়ে গেলেন। বারোই আশ্বিন বিয়ের দিন ঠিক হয়ে গেল। এক মিনিটে বদলে গেল সারাটা বাড়ি। বাবার সমস্ত অসুস্থতা কোথায় যে পালাল! বিয়ে নিয়ে এর সঙ্গে আলাপ করা ওর কাছে যাওয়া, বাজারের হাল অবস্থা দেখা, মেয়েকে কী দিয়ে সাজিয়ে দেবেন সে সম্বন্ধে খোঁজ নেয়া— এক মুহূর্ত বিশ্রাম রইল না তাঁর।

মন্টু তার বন্ধুদের নিয়ে এসে সারাক্ষণই হৈচৈ করছে। গেট কোথায় হবে, ইলেকট্রিকের বাল্বে সাজানো হবে কিনা, কার্ড কয়টি ছাপাতে হবে, নিমন্ত্রণের ভাষাটা কী রকম হবে এ নিয়ে তার ব্যস্ততা প্রায় সীমাহীন। রাবেয়াকে নিয়ে আমি কেনাকাটা করতে প্রায় প্রতিদিনই বেরিয়ে যাই। ঝুনুটা সারাক্ষণ আহলাদী করে বেড়ায়। শীতের শুরুতে ঠান্ডা আবহাওয়াতে এমনিতেই একটা উৎসবের ছোঁয়াচ

থাকে, বিয়ের-উৎসবটা যুক্ত হয়েছে তার সাথে।

রুনুর চাঞ্চল্য কমে গেছে। হৈচৈ করার স্বভাব মুছে গেছে একবারে! সারাদিন শুয়ে শুয়ে গান শুনে। একটু যে কোথাও যাবে আমাদের সঙ্গে কিংবা বাইরের বারান্দায় এসে বসবে তাও নয়। দুপুরটা কাটায় ঘুমিয়ে ঘুমিয়ে। বড় ভালো লাগে দেখে। যদি বলি, কী-রে রুনু, বিয়ের আগেই বদলে গেছিস দেখি।

যাও দাদা, ভালো লাগে না।

তোর চিটাগাং-এর বাড়িতে বেড়াতে গেলে খাতির-যত্ন করবি তো?

না, করব না। তোমাকে বাইরে দাঁড়া করিয়ে রাখব।

রুনুর চোখ জ্বলজ্বল করে। সারা শরীরে আসন্ন উৎসবের কী গভীর ছায়া। মনসুর দেখি প্রায়ই আসে। একদিন সিনেমার টিকিট নিয়ে এলো রুনু-ঝুনুর জন্যে। রুনু কিছুতেই যাবে না। রুনু বলে, নিনুকে নিয়ে যাক।

নিনুও যাবে না।

আমার জন্যে তো আনেনি। আমি কেন যাব?

এই বয়সেই পাকা পাকা কথা!

একদিন যে মনসুরের সঙ্গে হেসে হেসে সারা দুপুর গল্প করেছে, আজকে তার সাড়া পেলেই রুনু বন্দি হয়ে যায় নিজের ঘরে। রাবেয়া হেসে হেসে বলে, বেচারা বসে থাকতে থাকতে পায়ে ঝিঁ ঝিঁ ধরিয়ে ফেলেছে। রুনু যা, বেচারাকে দর্শন দিয়ে আয়।

থাকুক বসে, আমি যাচ্ছি না।

কেন যাবি না?

রোজ রোজ বেহায়ার মতো আসবে, লজ্জা লাগে না বুঝি?

ঝুনু আর নিনুকে নিয়ে গল্প করে বেচারা সময় কাটায়।

দেখতে দেখতে বিয়ের দিন এসে পড়ল। বাবার দু'জন ফুফু আসলেন, তার চাচাতো ভাইও ছেলেমেয়ে নিয়ে আসলেন। বাড়ি লোকজনে গমগম করতে লাগল। মন্টু কোত্থেকে একটি রেকর্ড প্লেয়ার এনেছে। সেখানে তারস্বরে রাতদিন আধুনিক গান হচ্ছে। ফুপুর ছেলেমেয়ে ক'টির হল্লায় কান পাতা যাচ্ছে না, আশেপাশের বাড়ির ছেলেমেয়েরাও যোগ দিয়েছে তাদের সঙ্গে। পাড়ার ছেলেরা নিজেরাই বাঁশ কেটে ম্যারাপ বাঁধার যোগাড় করছে। বেশ লাগছে। উৎসবের নেশা ধরানো আমেজ। কলেজ থেকে সাতদিনের ছুটি নিয়ে এলাম।

তিনদিন পর বিয়ে। দম ফেলার ফুরসৎ নেই। দুপুরের ঘুম বিসর্জন দিয়ে কীসের যেন হিসেব কষছি। রাবেয়া পাশেই বসে। রুনু-ঝুনু আর ফুফুর দু'মেয়ে লুডু খেলছে বসে বসে। বাবা গেছেন নানার বাড়ি। নিনুটা আসল এমন সময়। হাসি মুখে বলল, দাদা, তোমাকে ডাকে।

কে ?

নতুন দুলাভাই ইঞ্জিনিয়ার সাহেব।

রুনু লজ্জায় লাল হয়ে ওঠে। রাবেয়া বলে বসে, আহা, বেচারার আর তর সাইছে না। আমি স্যান্ডেল পায়ে নিচে নামি। বসার ঘরে মনসুর মুখ নিচু করে বসে। আমাকে দেখে উঠে দাঁড়াল।

কী ব্যাপার ভাই ? কিছু বলবে ?

ঝুনু দরজার ফাঁক দিয়ে উঁকি দিতে লাগল। মনসুর বলল, আপনি যদি একটু বাইরে আসেন, খুব জরুরি।

আমি চমকে উঠলাম। কিছু কি হয়েছে এর মধ্যে ?

ঘরে না আসেন ঐ চায়ের দোকানটায় বসি।

মনসুরের মুখ শুকনো। চোখের নিচে কালি পড়েছে। অপ্রকৃতস্থের মতো চাউনি। চায়ের দোকানে বসে সে কাশতে লাগল। আমি বললাম, কী ব্যাপার খুলে বলো।

এই চিঠিটা পড়েন একটু।

গোটা গোটা অক্ষরে লেখা। আধপাতার একটা চিঠি। সবুজ নামে একটি ছেলেকে লেখা। সবুজের সঙ্গে সে সিনেমায় যেতে পারবে না। বাসার সবাই সন্দেহ করবে। রুনুই লিখেছে মাস তিনেক আগে। স্তম্ভিত হয়ে গেলাম।

কই পেয়েছ এই চিঠি ?

সবুজ কাল রাতে আমাকে দিয়ে গিয়েছে।

ও।

কথা বলতে আমার সময় লাগল। আর বলবই বা কী ?

শুকনো গলায় বললাম, আমাকে কী করতে বলো ? বিয়ে ভেঙ্গে দিতে চাও ?

না মানে, এত আয়োজন, এত কিছু, মানে...

তুমি কি রুনুর সঙ্গে এ নিয়ে কথা বলতে চাও ?

না না, কী বলব আমি ?

তবে ?

আপনাদের যদি আপত্তি না থাকে, তাহলে ঝুনুকে আমি বিয়ে করতে পারি।

সে কী করে হয়। সব করা হয়েছে রুনুর নামে। আজ হঠাৎ করে...

আপনি ভালো করে ভেবে দেখুন, তা হলে সব দিক রক্ষা হয়।

সবদিক রক্ষার তেমন দরকার নেই। একটা মেয়ে একটা চিঠি লিখে ফেলেছে। এই বয়সে খুব অস্বাভাবিক নয় সেটা।

সবুজ আমাকে আরো বলেছে—

কী বলেছে ?

না, সে আমি আপনাকে বলতে পারব না।

সে তো মিথ্যা কথাও বলতে পারে।

আপনি বরং ঝুনুর সঙ্গে...

না।

আমি তাহলে রুনুর সঙ্গে একটু কথা বলি।

না। রুনুকে আর কী বলবে। যা বলবার আমিই বলব।

আমি রুনুর দিকে চোখ তুলে তাকাতে পারছিলাম না। আসন্ন উৎসবের আনন্দ তার চোখে মুখে। সমস্ত ব্যাপারটার জন্যে রুনুকেই দায়ী করা উচিত। কিন্তু কিছুতেই তা পারছি না। রুনুকে আমি বড় ভালোবাসি। এ ঘটনা তাকে এক্ষুণি জানানো উচিত। কিন্তু কী করে বলব ভেবে বুক ভেঙ্গে গেল। রাবেয়াকেই জানালাম প্রথম। রাবেয়া প্রথমটায় হকচকিয়ে গেল। শেষটায় কেঁদে ফেলল ঝরঝর করে। রাবেয়া বড় শক্ত ধাঁচের মেয়ে, তার চোখে পানি দেখেছি খুব কম।

রাবেয়া বলল, তুই রুনুকে সমস্ত বল। ওকে নিয়ে বাইরে কোথাও বেড়াতে যা। বাবাকে আমি বলব।

রুনুকে এক চাইনিজ রেস্তোরাঁয় নিয়ে গেলাম। ফ্যামিলি কেবিনে তার মুখোমুখি বসে আমার গভীর বেদনা বোধ হচ্ছিল। রুনুই প্রথম কথা বলল।

দাদা, তুমি কি কিছু বলবে ? না, শেষবারের মতো ভালো খাওয়াবে ?

নারে, কিছু কথা আছে।

বুঝতে পারছি তুমি কী বলবে।

বল তো ?

তুমি কিটকির কথা কিছু বলবে, তাই না ?

না। কিটকির কথা নয়। আচ্ছা রুনু ধর— তোর বিয়েটা যদি ভেঙ্গে যায় কোনো কারণে ? মনে কর, বিয়েটা হলো না।

এসব বলছ কেন দাদা, কী হয়েছে ?

তুই সবুজ নামে কোনো ছেলেকে চিঠি লিখেছিলি ?

রুনু বড় বড় চোখে অনেকক্ষণ আমার দিকে তাকিয়ে রইল।

ধীরে ধীরে বলল, হ্যাঁ লিখেছিলাম। তার জন্য কিছু হয়েছে ?

হ্যাঁ, মনসুর তোকে বিয়ে করতে চাইছে না।

কী বলে সে ?

সে ঝুনুকে বিয়ে করতে রাজি।

রুনু চেষ্টা করল খুব স্বাভাবিকভাবে কথা বলতে। কিন্তু মানুষের মন ভেঙে গেলে সে আর যাই পারুক, স্বাভাবিক হতে পারে না। খাবার নাড়াচাড়া করতে করতে রুনু সিনেমার কথা তুলল, তার কোনো বন্ধু এক কবিকে বিয়ে করে রোজ রাতে এক গাদা আধুনিক কবিতা শুনছে সে-কথা খুব হেসে হেসে বলতে চেষ্টা করল, ঝুনু কেন যে এত মোটা হয়ে যাচ্ছে এ নিয়ে উদ্বেগ প্রকাশ করল। এবং এক সময় 'খাবারটা এত ঝাল' বলে রুমাল বের করে চোখ মুছতে লাগল। আমি চুপ করে বসে রইলাম। রুনু ধরা গলায় বলল, দাদা, তুমি মন খারাপ করো না, তোমার মন খারাপ দেখলে আমি সত্যি কেঁদে ফেলব।

আমি বললাম, কোথাও বেড়াতে যাবি রুনু ?

কোথায় ?

সীতাকুণ্ডু যাবি ? চন্দ্রনাথ পাহাড় থেকে দূরের সমুদ্র খুব সুন্দর দেখা যায়।

রুনু কাতর গলায় বলল, যাব দাদা, কবে নিয়ে যাবে ?

চল, কালই যাই।

না, ঝুনুর বিয়ের পর চল।

ঝুনুর সঙ্গে এই ছেলের বিয়ে আমি হতে দেব না।

তুমি বুঝতে পারছ না দাদা—

খুব বুঝছি।

বিয়ে হলে ঝুনু খুশি হবে।

হোক খুশি, এই নিয়ে আমি আর কিছু বলতে চাই না রুনু।

রুনুকে নিয়ে বের হয়ে আসলাম। তখন সন্ধ্যা উৎরে গেছে। রাতের নিয়ন আলো জ্বলে গেছে দোকানপাটে। ঝকঝক করছে আলো। রুনু খুব ক্লান্ত পায়ে হাঁটতে লাগল। আমি তাকে কী আর বলি।

বারোই আশ্বিন ঝুনুর বিয়ে হয়ে গেল মনসুরের সঙ্গে।

বাবা আর রাবেয়ার প্রবল মতের সামনে টিকতে পারলাম না। ঝুনু বেশ অবাক হয়েছিল। তাকে কিছু বলা হয়নি, তবে সে যে আঁচ করতে পেরেছে তা বুঝা যাচ্ছিল। ঝুনু যতটা আপত্তি করবে মনে করেছিলাম ততটা করেনি দেখে কিছুটা বিস্মিত হয়েছি। আত্মীয়স্বজনরা কী বুঝল কে জানে, বিশেষ উচ্চবাচ্য করল না। শুধু মন্টু বিয়ের আগের দিন বাসা ছেড়ে চলে গেল। তার নাকি কোথায় যাওয়া অত্যন্ত প্রয়োজন, বিয়ের পর ফিরবে। বাবা স্থবির আলস্যে ইজিচেয়ারে শুয়ে শুয়ে সিগারেট টানতে লাগলেন।

বিয়েতে রুনুটা আহলাদী করল সবচেয়ে বেশি। গান গেয়ে গল্প বলে আসর জমিয়ে রাখল। তার জন্যে ফুফুর ফাজিল মেয়েটা পর্যন্ত ঢং করার সুযোগ পেল না। আসর ভাঙল অনেক রাতে। ছোট ছোট ছেলেমেয়েরা ঘুমিয়ে পড়েছে। মেয়েরা আড়ি পেতেছে বাসরঘরে। বরযাত্রীরা হৈ চৈ করে তাস খেলছে। সারা দিনের পরিশ্রমে খুব ক্লান্ত হয়ে পড়েছিলাম। সব ক্লান্তি ঝেড়ে ফেলে রুনুর ঘরে এসে দাঁড়ালাম। টেবিল ল্যাম্পে শেড দিয়ে রেখেছে। ঘরে আড়াআড়িভাবে একটা লম্বা ছায়া পড়েছে আমার। রুনুর মুখ দেখা যাচ্ছে না। এলোমেলো হয়ে পড়ে থাকা তার অবসন্ন শরীর চুপচাপ পড়ে আছে। আমি নিঃশব্দে বসলাম রুনুর পাশে। রুনু চমকে উঠে বলল, কে ? ও দাদা। কখন এসেছ ? কী হয়েছে ?

না, কিছু হয়নি। ভাবলাম তোর সঙ্গে একটু গল্প করি।

রুনু অনেকক্ষণ তাকিয়ে রইল আমার দিকে। হঠাৎ করে ফুঁপিয়ে ফুঁপিয়ে বলতে লাগল, তোর গা ছুঁয়ে বলছি দাদা, আমার একটুও খারাপ লাগছে না। আমি বেশ আছি।

সবুজকে বিয়ে করবি রুনু ?

না না। ছিঃ।

না কেন ?

না, কক্ষণো না, ওটা একটা বদমাশ।

তবে যে চিঠি লিখেছিলি ?

এমনি, তামাসা করতে, ও যে লিখত খালি খালি।

আয় রুনু, বাইরে হাঁটি একটু, দেখ কী জোছনা।

রুনু জানালা দিয়ে বাইরে তাকাল। সত্যি অপরূপ জোছনায় সব যেন ভেসে যাচ্ছে। চারদিক চিকচিক করছে নরম আলোয়। আপনাতেই মনের ভেতর একটা বিষণ্ণতা জমা হয়। আমি বললাম, এটা কি মাস বল তো রুনু ?

অক্টোবর মাস।

বাংলা বল।

বাংলাটা জানি না। ফাল্গুন ?

না, আশ্বিন। আশ্বিন মাসে সবচেয়ে সুন্দর জোছনা হয়। আয় বাইরে গিয়ে দেখি।

ঘরের বাইরে এসে দাঁড়াতেই মন জুড়িয়ে গেল। ঝিরঝির করে বাতাস বইছে। ফুটফুটে জোছনা চারদিকে। সব কেমন যেন স্বপ্নের মতো মনে হয়। বড় ভালো লাগে।

ওটা কে দাদা, ঐ যে চেয়ারে বসে ?

তাকিয়ে দেখি কে যেন ইজিচেয়ারে মূর্তির মতো বসে আছে। একটা হাত অবসন্নভাবে ঝুলছে। অন্য হাতটি বুকের উপর রাখা। বসে থাকার সমস্ত ভঙ্গিটাই কেমন দীন-হীন, কেমন দুঃখী। আমি বলালাম, ও হচ্ছে রাবেয়া, চিনতে পারছিস না ?

না তো। চল আপার কাছে যাই।

না, ও থাকুক একা একা। আয়, এদিক আয়।

রুনু হাঁটতে হাঁটতে আমার একটা হাত ধরল। ছোটবেলায় যেমন করত তেমনিভাবে হাতের আঙ্গুলি নিয়ে খেলা করতে করতে হালকা গলায় বলল, দাদা, তোমরা কি আমার উপর বিরক্ত হয়েছ ?

কেন ?

চিঠি লিখেছি বলে ?

তোর কী মনে হয় ?

রুনু কথা বলল না। চুপচাপ হাঁটতে থাকল। আমি বললাম, রুনু, ছেলেবেলার কথা মনে পড়ে ?

কোন কথা ?

তুই যে একদিন পালিয়েছিলি।

ও, মনে আছে। ঝুনু একটা কাপ ভেঙে ফেলেছে। ভেঙেই দৌড়ে পালাল,

আর আম্মা এসে আমার গালে ঠাস করে এক চড়।

রুনু বলতে বলতে হাসতে লাগল।

আমি বললাম, তারপর কী ঝামেলায় পড়লাম সবাই। তোর কোনো খোঁজ নেই। সকাল গেল, দুপুর গেল, সন্ধ্যা গিয়ে রাত, তবু তোর খবর নেই। বাসায় খাওয়া-দাওয়া বন্ধ। বাবা সারাদিন খুঁজছেন এখানে-ওখানে। আড়ালে আড়ালে চোখের পানি ফেলেছেন। আমি থানায় খবর দিতে গেছি। মা কিন্তু বেশ স্বাভাবিক, যেন কিছুই হয়নি। আর ঝুনুটা করল কী, সন্ধ্যাবেলায় রাবেয়াকে জড়িয়ে ধরে ভেউ ভেউ করে সে-কী কান্না। কোনো মতে বলল, আপা, আমিই ভেঙেছি কাপটা, রুনু ভাঙেনি।

তোর সব মনে আছে রুনু ?

খুব মনে আছে। আমি চুপচাপ বসে আছি ছাদে। তোমরা তো কেউ ছাদে খুঁজতে আসনি। সারাদিন একা একা বসেছিলাম। রাত হতেই ভূতের ভয়ে নেমে এসেছি।

তারপর কী হলো বল তো রুনু ?

আরেকটা চড় খেলাম।

চড়টা কে দিয়েছিল মনে আছে ?

হ্যাঁ, তুমি।

সশব্দে দু'জন হেসে উঠলাম।

কে ? কে হাসছে ?

তাকিয়ে দেখি রাবেয়া টলতে টলতে আসছে।

ও তোরা! বেশ ভয় পেয়েছি। হঠাৎ করে হাসলি। ধক্ করে উঠেছে বুকটা।

বস রাবেয়া, গল্প করি।

না, ভোর হয়ে আসছে দেখছিস না। সবাই চা-টা খাবে। এত মানুষের ব্যাপার, আমি রান্নাঘরে যাই।

চল আপা, আমিও যাই।

আমি একা একা বসে রইলাম।

ভোরের কাকের কা কা শোনা যাচ্ছে। আকাশ ফর্সা হয়ে উঠছে ধীরে ধীরে।

বুঝতে পারছি মনের ভেতর জমে থাকা অবসাদ কেটে যাচ্ছে। ঠিক ভোর হবার মুহূর্তে মনের গ্লানি কেটে যায়। সুন্দর সুখের স্মৃতিগুলি ফিরে আসে। কিটকি লিখেছে, গতকাল নৌকায় করে ৬ মাইল উত্তরের 'ক্যানসি' সিটিতে গিয়েছিলাম

বেড়াতে। ওমা, আমাদের দেশের ময়লা ঘিঞ্জি চাঁদপুরের মতো দেখতে। এটিকে আবার বাহার করে বলা হচ্ছে সিটি। শহরটা বাজে, বমি আসে। কিন্তু শহর থেকে বেরুলেই চোখ ভরে ওঠে। নীল সমুদ্র, নীল-নীল পাহাড়, ঘন নীল আকাশ। উহ্ কী অদ্ভুত! আপনি যদি আসতেন তাহলে খুব ভালো লাগত আপনার, সত্যি বলছি।

আইএ পরীক্ষায় রুনু ফেল করল।

বেশ অবাক হলাম আমরা। পড়াশুনায় আমরা সব ভাইবোনই ভালো। রুনু নিজে সাতশ'র উপর নম্বর পেয়ে মেট্রিক পাশ করেছিল। অংকে আর ভূগোলে লেটার মার্ক ছিল। পরীক্ষায় একেবারে ফেল করে ফেলবে এটা কখনো ভাবা যায় না। কাগজে তার রোল নম্বর যখন কিছুতেই খুঁজে পাচ্ছি না এবং রোল নম্বরটি পাওয়া যাবে না এটিও ধারণা করতে পারছি না তখন রুনু বলল, খুঁজে লাভ হবে না দাদা, আমি ফেল করেছি।

ফেল করবি কেন?

খাতায় যে কিছুই লিখিনি। ইতিহাসের খাতায় সম্রাট বাবরের ছবি এঁকে দিয়ে এসেছি।

কার ছবি?

সম্রাট বাবরের।

আমি স্তম্ভিত হয়ে গেলাম। রুনু অবশ্যি বদলে যাচ্ছিল। কিন্তু পরিবর্তনটা এত ধীর গতিতে হচ্ছিল যে আমি ঠিক ধরতে পারিনি। হয়তো বই নিয়ে পড়তে বসেছে, আমি যাচ্ছি পাশ দিয়ে— হঠাৎ ডাকল, দাদা শোন একটু।

কী?

মানুষের গোস্ত যদি বাজারে বিক্রি হতো তাহলে তোমার গোস্ত হতো সবচে' সস্তা, তুমি যা রোগা।

এই জাতীয় কথাবার্তা রুনু আগে বলত না। কিংবা আরেকটি উদাহরণ ধরা যাক।

একদিন রাবেয়াকে গিয়ে সে বলছে, আপা, একটা কথা শুনবে?

বল।

তোমার মাথাটা কামিয়ে ফেলবে?

রাবেয়া বিস্মিত হয়ে বলল, কেন রে?

এমনি বলছি। ঠাট্টা করছি।

রুনুর এ জাতীয় কথাবার্তা কোনো বিক্ষিপ্ত ঘটনা নয়। রুনু বদলে যাচ্ছিল। কথাবার্তা কমিয়ে দিচ্ছিল। অথচ তার মতো হৈ হৈ করা মেয়ে আমি খুব কম দেখেছি। বাসায় যতক্ষণ আছে গুনগুন করে গান গাইছে। রেডিও কানের কাছে নিয়ে উপুড় হয়ে শুয়ে আছে বিছানায়। সিনেমার তো কথাই নেই। প্রতি সপ্তায় দেখা চাই। আর হাতে টাকা পড়তে না পড়তে ধোঁয়ার মতো উড়ে যাচ্ছে। যখনই দেখতাম রাতের খাওয়ার পর রুনু আমার ঘরে ঘুরঘুর করছে কিংবা আমার পরিষ্কার করে সাজানো বিছানা আবার নতুন করে ঝাড়ছে, তখনি বুঝতাম তার কিছু টাকার প্রয়োজন।

কী-রে রুনু, টাকা দরকার ?

না না।

সেদিন যে দশ টাকা দিলাম, খরচ করে ফেলেছিস ?

হুঁ।

আরো চাই ?

না না।

আচ্ছা আচ্ছা, প্যান্টের পকেটে হাত দে, মানিব্যাগ পেয়েছিস ? খোল। নে, একটা নোট নিয়ে যা। আরে আরে, দশ টাকারটাই নিলি। ডাকাত একেবারে! রুনু খিলখিল হেসে পালিয়ে যেত দ্রুত।

সেই রুনু এমন বদলে গেল। আমরা কেউই বুঝতে পারলাম না। পরীক্ষার রেজাল্ট শুনে তার কোনোই ভাবান্তর নেই। সেদিন শুনি জানালা দিয়ে মুখ বের করে ওভারশিয়ার চাচাকে বলছে, ও চাচাজি, শুনছেন ?

কী মা ?

আমার পরীক্ষার রেজাল্ট হয়েছে।

কী রেজাল্ট ?

আমি ফেল করেছি চাচাজি!

একমাত্র বাবাই রুনুকে ধরতে পেরেছিলেন। প্রায়ই বলতেন রুনুটার কি কোনো অসুখ করেছে ? এমন দেখায় কেন ? একদিন রুনুকে আসমানি রঙের একটা চমৎকার শাড়ি এনে দিলেন। সিনেমা দেখাতে নিয়ে গেলেন। শেষ পর্যন্ত মন ভালো থাকবে বলে পাঠালেন ঝুনুর কাছে।

ঝুনুর বাসা থেকে ফিরে এসেই রুনু অসুখে পড়ল। প্রথমে একটু জ্বর জ্বর

ভাব, সর্দি, গা ম্যাজ ম্যাজ। শেষটায় একেবারে শয্যাশায়ী।

একদিন দু'দিন করে দিন পনেরো হয়ে গেল, অসুখ আর সারে না। ডাক্তার কখনো বলে দুর্বলতা, কখনো বলে রক্তহীনতা, কখনো বা লিভার ট্রাবল। সঠিক রোগটা আর ধরা পড়ে না।

রাতে সে বড় ঝামেলা করে। নিজে একটুও ঘুমোয় না, কাউকে ঘুমুতেও দেয় না। রাবেয়া প্রায় সারা রাত জেগে থাকে। মাথায় হাত বুলিয়ে দেয়, গল্প পড়ে শোনায়, পিঠ চুলকে দেয়। অনেক রাতে যখন রাবেয়া বলে, আমি একটু শুই রুনু ?

না না, শুলেই তুমি ঘুমিয়ে পড়বে।

তোর বালিশে একটু মাথা রাখি, ভীষণ মাথা ধরেছে।

উঁহু, তুমি বরং এককাপ চা খেয়ে আস। ঘুমুতে পারবে না।

খোকাকে ডাকি, ও বসবে তোর পাশে।

না, তুমি বসে থাকবে।

কলেজ থেকে ফিরে আমি এসে বসি রুনুর পাশে।

কী-রে জ্বর কমেছে ?

হ্যাঁ, কমেছে।

কপালে হাত দিয়েই প্রবল জ্বরের আঁচ পাই। রুনু ঘোলাটে চোখে তাকায়।

আমি বলি, বেশ জ্বর তো। কী-রে খারাপ লাগে ?

না, লাগে না।

মাথায় হাত বুলিয়ে দেব ?

দাও।

চিটাগাং ভালো লেগেছিল রুনু।

হুঁ।

সমুদ্র দেখতে গিয়েছিলি ?

না।

আচ্ছা একবার তোদের সবাইকে নিয়ে সমুদ্র দেখতে যাব। কক্সবাজারে হোটেল ভাড়া করে থাকব। খুব ফুর্তি করব, কী বলিস ?

হুঁ, করব।

জ্বরের ঘোরে রুনু ছটফট করতে লাগল। হঠাৎ অপ্রাসঙ্গিকভাবে বলে উঠল,

দাদা, ঝুনু এখন আর আমাকে একটুও দেখতে পারে না।

কেন দেখতে পারে না?

কী জানি কেন? আমার সঙ্গে কথা বলেনি। কিন্তু আমার কী দোষ?

রুনুর জ্বর বাড়তেই থাকে। মন্টু চলে যায় ডাক্তার আনতে। রুনু আচ্ছন্ন হয়ে পড়ে থাকে। ভাত খেতে খেতে রাবেয়া বলে, খোকা শোন, তোকে একটা কথা বলি।

কী কথা?

রুনুটা বাঁচবে না রে।

কী বলছিস আবোলতাবোল।

আমার কেন জানি শুধু মনে হচ্ছে। কাল রাতে রুনুর জন্যে গরম পানি করে নিয়ে গেছি, দেখি ওর মাথার পাশে কে একজন মেয়ে বসে আছে।

কী বলছিস এসব?

হ্যাঁ সত্যি। কে যে বসে ছিল ঠিক বলতে পারব না, তবে আমার মনে হয় তিনি মা। অল্প কিছুক্ষণের জন্যে দেখেছি।

যতসব রাবিশ।

নারে ঠিকই। আমি ভয় পেয়ে বাবাকে ডেকে আনি।

বাবাকে বলেছিস কিছু?

না, বলিনি।

দেখতে দেখতে রুনুর জ্বর খুব বাড়ল। ছটফট করতে লাগল সে। ডাক্তার এসে দু'টি ইনজেকশন করলেন। মাথায় পানি ঢালতে বললেন। জ্বরের ঘোরে রুনু ভুল বকতে লাগল, বেশ করেছেন আপনি! হ্যাঁ বেশ তো। ঠিক আছে, ঠিক আছে!

কী বলছিস রুনু?

রুনু স্বাভাবিক মানুষের মতো বলল, কই দাদা, কিছু বলছি না তো। রাবেয়াকে বলল, আপা, এক গ্লাস পানি আন। কানায় কানায় ভরা থাকে যেন। আমি সবটা চুমুক দিয়ে খাব।

রুনু এক চুমুক পানি খেল। খুব স্বাভাবিক গলায় ডাকল, বাবা।

এই তো আমি। কী মা?

একটু কোলে নেন না।

বাবা রুনুকে কোলে নিলেন। বাবার পা কাঁপছিল। আমি বাবার একটা হাত ধরলাম। রুনুটা এই ক'দিনে ভীষণ রোগা হয়েছে। বাবার পিঠের উপর তার দু'টি

শীর্ণ হাত আড়াআড়ি ঝুলছে। রুনু বলল, বাবা বাইরে চলেন। বাইরে যাব।

সবাই বাইরে এসে দাঁড়ালাম। সে রাতে খুব জোছনা হয়েছিল। জাম গাছের পাতা চিকচিক করছিল জোছনায়। উঠোনে চমৎকার সব নকশা হয়েছিল গাছের পাতার ছায়ায়। রুনু ফিসফিস করে বলল, বাবা, কাল রাতে আমি মাকে দেখেছি। মা আমার মাথার পাশে এসে বসেছিলেন। আমি কি মারা যাচ্ছি বাবা?

না মা, ছিঃ! মারা যাবে কেন?

তোমরা কি রাগ করেছ আমার উপর?

রাগ করব কেন? মিষ্টি মা আমার!

বাবা চুমু খেলেন রুনুর পিঠে।

রুনু বলল, আমি যে আরেকটি ছেলেকে চিঠি লিখেছিলাম।

রাবেয়া রুনুকে কোলে নিয়ে বসে আছে। বাবা আর মন্টু গেছেন ডাক্তার ডেকে আনতে। রুনু চোখ বড় বড় করে তাকিয়ে আছে আমাদের দিকে। তার ফর্সা সরু আঙুল থরথর করে কাঁপছে। সবাই বুঝতে পারছি রুনু মারা যাচ্ছে...।

রুনু মারা যাবার পর আমার মনে হলো মায়ের মৃত্যু আমি ঠিক অনুভব করতে পারিনি। মা যখন মারা যান তখন অনেক রকম দুশ্চিন্তা ছিল— নিনুকে কে মানুষ করবে, ঘর সংসার কী করে চলবে? কিন্তু এখন কোনো দুশ্চিন্তা নেই। রুনুর জন্যে কোনো কিছুই আটকে থাকবার কথা ওঠে না, কিন্তু সমস্তই যেন আটকে গেল। রুনুর কথা মুহূর্তের জন্যও ভুলতে পারি না। মনে হয় গভীর শূন্যতায় ক্রমাগত তলিয়ে যাচ্ছি। অসহ্য বোধ হওয়ায় লম্বা ছুটি নিয়েছি। দীর্ঘ অবসর সময়ও কাটে না কিছুতেই। একবার ভাবলাম বাইরে কোথাও যাই। কতদিন রুনুকে নিয়ে বাইরে যেতে চেয়েছি, সীতাকুণ্ডের চন্দ্রনাথ পাহাড়, কক্সবাজার, দিনাজপুরের পঁচাগড়; কিন্তু যাওয়া হয়ে ওঠেনি। আজ একা একা কী করে যাব?

কিছুই ভালো লাগে না। শুয়ে শুয়ে দীর্ঘ সময় কাটে। বাবা তাঁর ছোট্ট ঘর থেকে কখনো বের হন না। তাঁর হাঁপানি বড্ড বেড়েছে। মন্টু যে কখন আসে কখন যায়, বুঝতে পারি না। শুধু নিনুর দাপাদাপি শোনা যায়। সে খেলে আপন মনে। পাগলের মতো কথা বলে একা একা।

একদিন রুনুর ছোট্ট ট্রাঙ্কটা খুলে ফেললাম। কত কী সাজিয়ে রেখেছে সেখানে। প্রথম বেতন পেয়ে তাকে দশ টাকার নোট দিয়েছিলাম একটা। নোটের উপর লিখে দিয়েছিলাম— 'প্রিয় রুনুকে ইচ্ছেমতো খরচ করতে।' রুনু সেটি খরচ করেনি। যত্ন করে রেখে দিয়েছে। একটি অতি চমৎকার মোমের পুতুল। আগে কখনো দেখিনি। কোত্থেকে এনেছে কে জানে। তার নিজের ফটো কয়েকটি, কিটকির ক্যামেরায় তোলা। স্কুলের ক্রীড়া প্রতিযোগিতায় পাওয়া দু'টি ছোট কাপ। একটি কবিতার বই, তাতে লেখা, 'রাবেয়া আপাকে— রুনু।' পাঁচ ছয়টি সাদা রুমাল। প্রতিটির কোনায় ইংরেজি R লেখা, তার নিজের নামের আদ্যক্ষর। পুরনো ডাইরি পেলাম একটা, পড়তে পড়তে চোখ ভিজে ওঠে।

১৭-১-৭১

আজ রাবেয়া আপা আমাকে বকেছে। মিটসেফ খোলা রেখেছিলাম আর বেড়ালে দুধ খেয়ে গিয়েছে। প্রথম খুব খারাপ লাগছিল। আপা সেটি বুঝতে পারল। বিকেলে আমাকে ডেকে এমন সব গল্প বলতে লাগল যে হেসে বাঁচি না। একটি

গল্প এইরকম— এক মাতাল রাতের বেলা মদ খেয়ে উল্টে পড়েছে নর্দমায়। বিরক্ত হয়ে বলছে— ওরে ব্যাটা নর্দমা, তুই দিনের বেলা থাকিস রাস্তার পাশে আর রাত হলেই এসে যাস রাস্তার মাঝখানে। আপাটা কী হাসাতেই পারে!

১৪-২-৭১

কিটকি আপা আমাকে এমন একটি কথা বলেছেন যে আমি অবাক। সবাইকে সে কথাটি বলতে ইচ্ছে হচ্ছে কিন্তু বলা যাবে না। আপা আল্লার কসম দিয়ে দিয়েছেন।

৩০-৩-৭১

আজ একটা মজার ব্যাপার হয়েছে। দুপুরে আমি শুয়ে আছি, বাবা চুপি চুপি এসে ঘরে ঢুকে বলতে লাগলেন— রাবেয়া, রুনুটার কী হয়েছে ? ও এমন মন মরা থাকে কেন ? আমি উঠে বললাম, আপা তো এখানে নেই বাবা। আর কই, আমার তো কিছু হয়নি। বাবার মুখের অবস্থা যা হয়েছিল না!

২২-৫-৭১

আজ দুপুরে লুকিয়ে সিনেমা দেখতে গিয়েছিলাম। ও আল্লা, গিয়ে দেখি সিনেমাহলের লবিতে দাদা ঘুরছে। আমাকে দেখে বলল, কী রুনু মিয়া, সিনেমা দেখবে নাকি ? তারপর নিজেই টিকিট কাটল। ছবিটা বড় ভালো।

৫-৬-৭১

মন্টুটা তলে তলে এত। আমাকে বলছে তিন তিনটা ডি.সি.-তে সিনেমা দেখাবে। যদি না দেখায় তাহলে সব ফাঁস করে দেব। তখন বুঝবে। মন্টুর একটা কবিতা ছাপা হয়েছে। কবিতাটি সে শুধু আমাকেই দেখিয়েছে। খুব অশ্লীল কিনা, তাই কাউকে দেখাতে সাহস হয়নি।

৯-৬-৭১

আজ সন্ধ্যাবেলা দেখি রাবেয়া আপা শুয়ে কাঁদছে। খুব চাপা মেয়ে। কাউকে বলবে না তার কী হয়েছে। আমার যা খারাপ লাগছে। কাঁদতে ইচ্ছে হচ্ছে।

৯-৭-৭১

নিনুটার কাণ্ড দেখে শুনে অবাক হয়েছি। সেদিন স্কুল থেকে কাঁদতে কাঁদতে বাড়ি ফিরেছে। আমি বললাম, কী হয়েছে ? কাঁদছিস কেন ?

সে ফুঁপিয়ে ফুঁপিয়ে বলল, জানো না তুমি, আজ ছেলেরা এক প্রফেসরকে মেরে ফেলেছে! আপামণি বলেছে ক্লাসে।

তাতে তোর কী হয়েছে ?

দাদাকে যদি মেরে ফেলে, সেও তো প্রফেসর।

শুনে আমি হেসে বাঁচি না। ওর যত টান দাদার জন্যে।

হতাশা আর বিষণ্নতায় যখন সম্পূর্ণ ডুবেছি তখনি কিটকির চিঠি পেলাম, 'দেশে ফিরছি, কবে বলতে পারছি না। প্লেনের টিকিট পেলেই।'

বদলে গেছিস কিটকি।

লম্বা হয়েছি, না ?

হুঁ, আর রোগাও হয়েছিস।

আপনিও বদলেছেন। কী বিশ্রী গোঁফ রেখেছেন!

বিশ্রী ?

হ্যাঁ, বিশ্রী আর জঘন্য, দেখলেই সুড়সুড়ি লাগে।

ম্যানিলার কথা বল।

সে তো চিঠিতেই বলেছি।

মুখে শুনি।

রাবেয়া ট্রেতে চা সাজিয়ে আনল। কিটকি হাসতে হাসতে বলল, রাবেয়া আপা আগের মতোই আছেন!

নারে স্বাস্থ্য ভালো হয়েছে, এই দেখ হাতে কত জোর।

উঁহু উঁহু আমার ঘাড় ভেঙে ফেলেছেন। বোন ফ্রাকচার হয়েছে নির্ঘাৎ।

বোন ফ্রাকচার হয়নি, হার্ট জখম হয়েছে কি না বল।

রাবেয়া হাসতে হাসতে চলে গেল। কিটকি বলল, রুনুর কথা বলেন।

না, রুনুর কথা থাক।

মন্টুর নাকি একটা কবিতার বই বেরিয়েছে ?

হ্যাঁ, 'কিছু কিংশুক' নাম। তোমাকে নিশ্চয়ই দেবে এক কপি।

কেমন হয়েছে ?

আমি কবিতার কী বুঝি! তবে সবাই ভালো বলেছে।

আপনার প্রফেসরির কী খবর ?

খবর নেই কোনো। বেতন বেড়েছে। ব্যাঙ্কে কিছু জমেছে। খরচপত্তর তো বিশেষ কিছু নেই।

রাবেয়া আপা শেষ পর্যন্ত বিয়ে করলেন না ?

না।

কেন ?

রাবেয়া করতে চাইল না, বাবা খুব চেষ্টা করেছিলেন।

কিটকি অনেকক্ষণ থাকল বাসায়। দুপুরে আমাদের সঙ্গে ভাত খেল। বিকেলে চা খেয়ে চলে গেল। কিটকিকে অন্যরকম লাগছিল। ছেলেমানুষি যা ছিল ধুয়ে মুছে গেছে। ভারী সুন্দর হয়েছে দেখতে। চোখ ফেরানো যায় না এমন।

সারা সন্ধ্যা কিটকির কথা ভাবলাম। ছোটবেলা কিটকি আমার জন্যে এক ধরনের আকর্ষণ অনুভব করত। এখনো করে কিনা কে জানে! তাকে সরাসরি কিছু বলার মতো সাহস আমার নেই, কিন্তু বড় জানতে ইচ্ছে করে। রাত দশটার দিকে রাবেয়া আমার ঘরে আসল।

কী-রে, জেগে আছিস ?

রাবেয়া চুল আঁচড়াতে আঁচড়াতে খাটে বসল। চিরুনি কামড়ে ধরে বেণি পাকাতে লাগল।

খুব লম্বা চুল তো তোর!

হুঁ। একটা বেণি কেটে নিয়ে যে কেউ ফাঁস নিতে পারবে।

প্রেমের ফাঁস বল।

কিটকিকে দেখে খুব রস হয়েছে না! মন পেয়েছিস কিটকির ?

'রমণীর মন সহস্র বর্ষের সখা সাধনার ধন।'

তোর সাধনাই বা কম কী, পাঁচ বৎসর অনেক লম্বা সময়।

রাবেয়া চুপচাপ বসে থাকল কিছুক্ষণ। তারপর বলল, খোকা, তোর কাছে একটা কাজে এসেছি।

কী কাজ ?

আমাকে কলেজে ভর্তি করিয়ে দে, কিছু পড়াশুনা করি।

এতদিন পর হঠাৎ ?

এমনি ইচ্ছে হলো। আর একটা মাস্টার রেখে দিস, কিছু তো ছাই মনেও নেই।

আচ্ছা দেব। আবার ছেড়ে দিবি না তো ?

না, ছাড়ব না।

ঝুনুর ছেলে হবে। যাতে কেউ গিয়ে তাকে নিয়ে আসে সে-জন্য সে সবার কাছে চিঠি লিখেছে। তারা আসতে দেবে কিনা কে জানে! মোটেই ভালো ব্যবহার করছে না তারা। রুনু মারা যাবার পরও আসতে দেয়নি। তবু বাবা যাচ্ছেন আনতে। সঙ্গে রাবেয়াও যাবে। যদি ঝুনু আসে তবে বেশ হয়। অনেকদিন দেখি না ওকে। খুব দেখতে ইচ্ছে করে।

রাবেয়া কলেজে ভর্তি হয়েছে। উৎসাহ নিয়ে রাত জেগে পড়ে। ছুটির দিনগুলি ছাড়া তাকে পাওয়াই যায় না। রোববারে ফুর্তি হয় এই কারণেই। সবাই রোববারের জন্যে মনে মনে অপেক্ষা করি।

মন্টু এক দৈনিক পত্রিকা অফিসের সহ-সম্পাদক হয়েছে। বেশ ভালো বেতন, বিএটাও পাশ করেনি। কিন্তু বেশ গুছিয়ে ফেলেছে। অবাক হওয়ারই কথা। তার দ্বিতীয় বই 'শুধু ভালোবাসা' সাহিত্য পুরস্কার পেয়েছে। মন্টু এখন নামি ব্যক্তি। অনেকেই তার কাছে আসে। মন্টু তো বাসাতে থাকে কমই, বাবা গিয়ে তাদের সঙ্গে আলাপ করেন। এ ব্যাপারে বাবার উৎসাহ প্রায় সীমাহীন। কোন পত্রিকায় কী লিখল তা তিনি অসীম ধৈর্য নিয়ে খোঁজ রাখেন। সযত্নে পেপার কাটিং জমিয়ে রাখেন। মন্টুর কাছেই শুনেছি একদিন বাবা নাকি কোন বই-এর দোকানে ঢুকে অত্যন্ত গম্ভীর হয়ে জিজ্ঞেস করেছেন, আপনার এখানে 'কিছু কিংশুক' কবিতার বইটি আছে ?

দোকানি জবাব দিয়েছে, না নেই।

তাহলে 'শুধু ভালোবাসা' বইটি আছে ?

না, সেটাও নেই।

বাবা রেগে গিয়ে বলেছেন, ভালো ভালো বই-ই নেই, আপনারা কেমন দোকানদার ?

মন্টুর সঙ্গে কবিতা নিয়ে আলাপ করতেও তাঁর খুব উৎসাহ। মন্টু এ ব্যাপারে অত্যন্ত লাজুক বলেই তিনি সুযোগ পান না।

সত্য মিথ্যা জানি না, শুনেছি বাবা ওভারশিয়ার কাকুর বড় ছেলের বউকে

প্রায়ই মন্টুর কবিতা আবৃত্তি করে শোনান। এই মেয়েটিকে বাবা খুব পছন্দ করেন। মেয়েটির চেহারা অনেকটা রুনুর মতো। পেছন থেকে দেখলে রুনু বলে ভ্রম হয়।

নিনুও অনেক বড় হয়েছে। সেদিন তাকে নিয়ে রাস্তায় বেরোতেই দু'টি ছেলে শিস দিল। নিনুকে বললাম, নিনু, কোনো বদ ছেলে তোমাকে চিঠি ফিটি লিখলে না পড়ে আমাকে দিয়ে দিবে, আচ্ছা ? নিনু লজ্জায় লাল হয়ে ঘাড় নেড়েছে।

সেদিন রবিবার। সবার বাসায় থাকার কথা কিন্তু বাসায় নেই কেউ। বাবা আর রাবেয়া গেছে ঝুনুকে আনতে, মন্টু তার পত্রিকা অফিসে। পত্রিকা অফিসের কাজ নাকি পুলিশের কাজের মতো। ছুটির কোনো হাঙ্গামাই নেই। বাসায় আমি আর নিনু। আমি ভেতরে বসে কাগজ পড়ছি। নিনু বলল, দাদা, একজন ভদ্রলোক এসেছেন।

কী রকম ভদ্রলোক ?

বুড়ো। চোখে চশমা।

বেরিয়ে এসে দেখি বড় মামা। অনেকদিন পর দেখা কিন্তু চিনতে অসুবিধা হলো না। বড় মামা বললেন, আমাকে চিনতে পারছ ?

জি, আপনি তো বড় মামা।

অনেকদিন পর দেখা। চেনার কথা নয়। তুমিও বড় হয়েছে, আমিও বুড়ো। কী কর এখন ?

এখানকার এক কলেজে প্রফেসরি করি।

বেশ বেশ! বাসায় আর কেউ নেই ? খালি খালি লাগছে!

জি-না। বাবা এবং রাবেয়া গেছেন চিটাগাং। আমার এক বোনের সেখানে বিয়ে হয়েছে।

মামা চুপ করে শুনলেন। তাঁকে দেখে আমি বেশ অবাকই হয়েছি। হঠাৎ করে কেনই বা আসলেন। মা বেঁচে নেই যে আসবার একটা কারণ খুঁজে পাওয়া যায়। তা ছাড়া মামাকে কেমন যেন লজ্জিত এবং অপ্রস্তুত মনে হচ্ছিল। মামা বললেন, আমার আব্বা, মানে তোমাদের নানা মারা গিয়েছেন দিন সাতেক হলো।

কী হয়েছিল ?

তেমন কিছু নয়। বয়স তো কম হয়নি তাঁর, নব্বইয়ের কাছাকাছি। আজকালকার দিনে এত বাঁচে না কেউ।

মামা বলতে বলতে অল্প হাসলেন, কী ভেবে বললেন, আমাকে আসতে দেখে অবাক হয়েছ, না ?

না না অবাক হবো কেন ? আপনি চা খাবেন ?

চা ছেড়ে দিয়েছি, ডায়াবেটিসে ভুগছি। আচ্ছা দাও এক কাপ, চিনি ছাড়া।

নিনুকে চায়ের কথা বলে এসে বসতেই মামা বললেন, বাবা শেষের দিকে তোমাদের কথা কেন জানি খুব বলতেন। তিনি সিলেটে আমার ছোট ভাইয়ের কাছে ছিলেন। অসুখের খবর শুনে আমি গিয়েছিলাম। বাবা প্রায়ই বলতেন ঢাকা গিয়েই তোমাদের এখানে আসবেন। আগে কখনো এমন বলেননি।

মামা চশমার কাঁচ ঘষতে ঘষতে বললেন, বয়স হলে অনেক Values বদলে যায়। তাই না ?

জি।

শিরিন খুব আদরের ছিল সবার। তবে বড় গোঁয়ার ছিল। জানো তো, মেয়েদের দু'টি জিনিস খুব খারাপ— একটি হচ্ছে সাহস, অন্যটি গোয়ার্তুমি।

আমি কোনো কথা বললাম না। মামা বললেন, শিরিনের অনেক গুণ ছিল। সাধারণত মেয়েদের থাকে না। যখন সে এখানে চলে আসল তখন সবাই দুঃখিত হয়েছিলাম। গুণ বিকাশে পরিবেশের প্রয়োজন হয় তো।

নিনু চা নিয়ে ঢুকল। মামা চায়ে চুমুক দিয়ে চমকালেন, এ-কী খুকি, চিনি দিয়ে এনেছ যে!

নিনু আধহাত জিভ বের করে ফেলল। মামা বললেন, ঠিক আছে, ঠিক আছে। একদিন একটু অনিয়ম হোক না হয়। তোমার এক ভাই শুনেছি খুব নাম করেছে। আমি ঠিক চিনতাম না। কিটকি আমাকে বলল। কিটকি আমার ভাগ্নি, চিনেছ ?

জি।

তোমার বাবা আসলে সবাইকে নিয়ে যাবে আমাদের বাসায়। আমিই নিয়ে যাব। তোমার মা'র অনেক গয়না ছিল। সব ফেলে এসেছিল, সেগুলিও নিয়ে আসবে।

মামা নিনুকে কাছে ডেকে আদর করতে লাগলেন, ফুলের মতো মেয়ে। তুমি যাবে মা আমার বাসায় ? তোমাকে একটা জিনিস দেব।

কী জিনিস ?

একটা ময়ূর। শিলাট্রাকটে থাকে এক বন্ধু, আমাকে দিয়েছিল।

পেখম হয় ?

হয় বোধকরি। আমি অবশ্যি পেখম হতে দেখিনি।

আমি বললাম, মামা, মা'র একটা পুরনো রেকর্ড ছিল নাকি ?

হ্যাঁ হ্যাঁ, আছে এখনো। তুমি চাও সেটি ?

শুনতে ইচ্ছে হয় খুব।

নিশ্চয়ই নিশ্চয়ই। গান শুনতে ইচ্ছে তো হবেই। পাইয়ে দেব আমি, আমার মনে থাকবে।

ঝুনুকে শেষ পর্যন্ত আসতে দিল তারা।

তিন বৎসর পর দেখছি। মা হতে যাবার আগের শারীরিক অস্বাভাবিকতায় একটু যেন লজ্জিত। ছেলেবেলার উচ্ছলতা ঢাকা পড়েছে অপরূপ কমনীয়তায়। মোটা হওয়াতে একটু যেন ফর্সা দেখাচ্ছে।

দুপুরবেলা সে যখন এসেছে তখন আমি কলেজে। মন্টু পাশের বাড়ি থেকে ফোন করল আসতে। পরীক্ষা সংক্রান্ত জরুরি মিটিং ছিল, আসতে পারলাম না। সারাক্ষণই ভাবছিলাম কেমন না জানি হয়েছে ঝুনুটা। সেদিনও একটা চিঠি পেয়েছি—

> তুমি তো মনে কর বিয়ে করে ঝুনু বদলে গেছে। বাসার কারো সঙ্গে কোনো যোগ নেই। তাই বাসার কোনো খবরই আমাকে দাও না। রাবেয়া আপার যে জ্বর হয়েছিল, সে তো তুমি কিছু লেখনি। বাবার চিঠিতে জানলাম। আর আমি এত কেঁদেছি তোমরা সবাই আমাকে পর মনে করছ এই জন্যে। মন্টুর কবিতার বই বেরিয়েছে, মন্টু আমায় পাঠায়নি। আমি নিজে যখন একটা কিনেছি তার দশদিন পর সে বই পাঠিয়েছে। কেন, আগে পাঠালে কী এমন ক্ষতি হতো ? মন্টু তার বইয়ে পেন্সিল দিয়ে লিখেছে, 'সুক্রন্দসী বন্ধু— ঝুনুকে।' আমি বুঝি সুক্রন্দসী! মন্টুকে হাতের কাছে পেলে কাঁদিয়ে ছাড়ব...।

সন্ধ্যাবেলা বাসায় এসে শুনি ঝুনু পাশের বাড়ি বেড়াতে গেছে। চায়ের পেয়ালা হাতে বারান্দায় একা একা বসে পেপার দেখছি এমন সময় সে এলো। কী একটা ব্যাপারে ভীষণ খুশি হয়ে হাসতে হাসতে আসছে। আমায় লক্ষ করেনি দেখে নিজেই ডাকলাম, ঝুনু, আয় এদিকে।

ঝুনু প্রথমে থতমত খেল। তারপর কিছু বুঝবার আগেই তার হাতের ধাক্কায় আমার হাত থেকে চায়ের পেয়ালা ছিটকে পড়ল। এবং প্রথমেই যা বুঝতে পারলাম তা হচ্ছে ঝুনুটা আমায় জড়িয়ে ধরে ব্যাকুল হয়ে কাঁদছে। প্রথম উচ্ছ্বাসটা

কাটল অল্পক্ষণেই, কান্না থামল না। অনেকদিন পর প্রিয় জায়গায় ফিরে আসা, রুনুর মৃত্যু, নিজের জীবনের অশান্তি সব মিলিয়ে যে কান্না তা একটু দীর্ঘস্থায়ী তো হবেই। আমি বললাম, ঝুনু নে চা খা, তারপর আবার কান্না শুরু কর। মন্টু তোকে সুক্রন্দসী কি আর শুধু শুধু লিখেছে!

কাঁদুক, ঝুনু কাঁদুক। অনেকদিন এ বাড়িতে কেউ কাঁদে না। সেই কবে রুনু মারা গেল। খুব কাঁদল সবাই। বাবা গলা ছেড়ে কাঁদলেন, মন্টু আর রাবেয়া ছেলেমানুষের মতো কাঁদল। নিনু চুপি চুপি আমার গলা জড়িয়ে ধরে কাঁদতে কাঁদতে ঘুমিয়ে পড়ল। তারপর আর এ বাড়িতে কান্না কই! নিনু পর্যন্ত ভুলেও কাঁদে না। রাবেয়া হয়তো কাঁদে, আমার তা কখনো চোখে পড়ে না। কাঁদুক ঝুনু। আমি দেখি তাকিয়ে তাকিয়ে সুক্রন্দসী ঝুনুকে।

ঝুনুর সঙ্গে সঙ্গে আমার মনে হলো পুরনো দিনগুলি যেন ফিরে এসেছে। আগের মতো হৈ হল্লা হতে লাগল। নিনুর চুল ঘন হয়ে উঠবে বলে একদিন ঝুনু মহা উৎসাহে নিনুর মাথা মুড়িয়ে দিল। নিনু তার কাটা চুল লুকিয়ে রাখল তার পুতুলের বাক্সে। এই নিয়ে ফুর্তি হলো খুব। মন্টু ছড়া লিখল একটা— 'নিনুর চুল'। নিজের পত্রিকায় ছবি দিয়ে ছাপিয়ে ফেলল সেটি। নিনুও মন্টুর খাতায় গোপনে লিখে রাখল— 'মন্টু ভাই একটা বোকা। রোজ খায় তেলাপোকা।' ঝুনু সবাইকে একদিন সিনেমা দেখাল। রোববার পিকনিক হলো আম গাছের তলায়। সময় কাটতে লাগল বড় সুখে।

সেদিন সন্ধ্যাবেলায় মাথার যন্ত্রণায় অস্থির হয়ে শুয়ে আছি। ঝুনু এসে বলল, মাথায় হাত বুলিয়ে দেব দাদা?

না, এমনি সারবে।

আহা, দিই না একটু।

ঝুনু বসল মাথার কাছে। মনে হলো কিছু বলবে। চুপ করে অপেক্ষা করছি। ঝুনু ইতস্তত করে বলল, আচ্ছা দাদা, হাসপাতালে নাকি ছেলে বদল হয়ে যায়?

ছেলে বদল! কী রকম?

অবাক হয়ে তাকাই আমি।

ওভারশিয়ার চাচার ছেলের বউ বলছিল, হাসপাতালে নাকি ছেলেমেয়েদের নম্বর দিয়ে সব এক জায়গায় রাখে। নম্বরের গণ্ডগোল হলেই একজনের ছেলে আরেকজনের কাছে যায়।

হেসে ফেললাম আমি। বললাম, এই দুশ্চিন্তাতেই মরছিস? পাগল আর কী!

না দাদা, সত্যি। ওর এক বন্ধুর নাকি টুকটুকে ফর্সা এক ছেলে হয়েছিল।

রিলিজের সময় যে ছেলে এনে দিল সেটি নিগ্রোর চেয়েও কালো।

হাসপাতালে যেতে না চাস, বাসায় ব্যবস্থা করা যাবে। তবে এগুলো খুব বাজে কথা ঝুনু।

দু'জনেই চুপচাপ থাকি। বুঝতে পারছি ঝুনুর ছেলের কথা বলতে ইচ্ছে হচ্ছে। নিজেই জিজ্ঞেস করি, ছেলে হলে কী নাম রাখবি ঝুনু?

যাও।

বল শুনি, একটা তো ভেবেছিস মনে মনে।

আমি যেটা ভেবেছি সেটা খুব বাজে, পুরনো।

কী সেটি?

উঁহু।

বল না? শুনি কেমন নাম।

কিংশুক।

এই বুঝি তোর পুরনো নাম।

যাও দাদা, শুধু ঠাট্টা।

মেয়ে হলে কী রাখবি?

মেয়ে হলে রাখব রাখী।

চমৎকার।

রাখী নামে আমার এক বন্ধু ছিল। এত ভালো মেয়ে, এখন ডাক্তার। আমিও আমার মেয়েকে ডাক্তারি পড়াব দাদা।

আমার অসুখবিসুখ হলে আর চিন্তাই নেই। ভাগ্নিকে খবর দিলেই হলো।

আচ্ছা দাদা, ইরিত্রা নামটা তোমার কেমন লাগে?

নতুন ধরনের নাম। আধুনিক।

মন্টু বলেছে ইরিত্রা রাখতে। দু'টি নামই আমার ভালো লাগে। কী করব বলো তো দাদা?

দু'নম্বর মেয়ের নাম ইরিত্রা রাখ।

না, দু'নম্বর মেয়ের নাম রাখব রুনু।

রুনু?

হ্যাঁ। তাহলে রুনুর মতো লক্ষ্মী মেয়ে হবে। একটুক্ষণ থেমে ঝুনু কাতর গলায় বলল, রুনুর কথা বড় মনে হয় দাদা। ওকে দেখতে ইচ্ছে করে।

রুনুকে আমারও বড় দেখতে ইচ্ছে করে। মাঝে মাঝে রুনুর ফটোর দিকে তাকিয়ে থাকি। পাতলা ঠোঁট চেপে হাসির ভঙ্গিমায় তোলা ছবি। বড় বড় চোখ। বাচ্চা ছেলেদের চোখের মতো দৃষ্টি। সব মিলিয়ে কেন যেন ভারী করুণ মনে হয়। অনেকক্ষণ তাকিয়ে থাকলে বুকের ভেতর ব্যথা বোধ হয়।

মায়ের গানের রেকর্ডটা একটা লোক এসে দিয়ে গেল। খুব যত্ন করে কাগজে মোড়া। রেকর্ডের লেবেলে মায়ের নাম 'মিস শিরিন সুলতানা' খুব অস্পষ্টভাবে পড়া যায়। হিজ মাস্টার ভয়েসের কুকুরের ছবিটার উপর আবার লাল কালিতে কাঁচা হাতে ইংরেজিতে মায়ের নাম লেখা। হয়তো তিনিই লিখেছেন।

বাসায় একটা সাড়া পড়ে গেল। ঝুনু তার ছেলে কোলে নিয়ে পুরনো দিনের মতোই লাফাতে লাগল। বাজিয়ে শোনার মতো গ্রামোফোন নেই দেখে শুধু কাঁদতে বাকি রাখল।

মন্টু রেকর্ড প্লেয়ার আনতে বেরিয়ে গেল তখনি। রাবেয়া কলেজে। সেখানে কী একটা ফাংশন নাকি। মন্টু তাকেও খবর দিয়ে যাবে। বাবাকে দেখে মনে হলো তিনি আমাদের এই হৈচৈ দেখে একটু লজ্জা পাচ্ছেন। নিনুও এতটা উৎসাহের কারণ ঠিক বুঝে উঠতে পারছে না। বাবাকে বললাম, আজ একটা উৎসবের মতো করা যাক বাবা। খুব ঘরোয়াভাবে। সন্ধ্যার পর মায়ের কথা আলোচনা হবে। তারপর ঘুমুতে যাবার আগে রেকর্ড বাজানো হবে। বাবা সংকুচিতভাবে বললেন, এসবের চেয়ে তো মিলাদ টিলাদ...। ঝুনু সঙ্গে সঙ্গে বাতিল করে বলল, সে পরে হবে, আজ দাদা যা বলছে তাই হোক।

বাবা জুতো পরে ফুল আনতে চলে গেলেন। ফুলের মালায় মায়ের ছবি সাজানো হবে। ঝুনু বলল, বাবা একটু ধূপ এনো। না পেলে আগরবাতি।

আমি রেকর্ডটা লুকিয়ে ফেললাম যাতে আগেভাগে কেউ শুনে ফেলতে না পারে। কিটকিকে টেলিফোন করলাম পাশের বাসা থেকে।

হ্যালো কিটকি? আমি...

বুঝতে পারছি আপনি কে। কী ব্যাপার?

খালাকে নিয়ে আয় না বাসায় একবার।

কী ব্যাপার?

এসেই শুনবি।

আহা, বলেন না?

একটা ছোটখাট ঘরোয়া উৎসব।

কিসের উৎসব ?

আসলেই দেখবি।

বলেন না ছাই!

মায়ের গাওয়া রেকর্ডটা বাজানো হবে। তাছাড়া তার স্মৃতিতে একটা ঘরোয়া আলোচনা। এই আর কী!

বাহ, সুন্দর আইডিয়া তো! আমি আসছি।

আচ্ছা কিটকি, মায়ের সঙ্গে তোলা খালার কোনো ছবি আছে ?

দেখতে হবে।

যদি পাস তো ...

হ্যাঁ, নিয়ে আসব। কখন আসতে বলছেন ?

রাত আটটায়।

সন্ধ্যাবেলা রাবেয়া রিকশা থেকে পাংশু মুখে নামল। ভীত গলায় বলল, বাসায় কিছু হয়েছে ?

না, কী হবে ?

আরে মন্টুটা এমন গাধা! কলেজে আমার কাছে স্লিপ পাঠিয়েছে, বাসায় এসো, খুব জরুরি। আমি তো ভয়ে মরি। না জানি কার কী হলো।

না, কী আর হবে। মায়ের রেকর্ডটা দিয়ে গেছে।

তাই নাকি, বলবি তো ?

বাবা দামি দু'টি জরির মালা নিয়ে এলেন।

ফুলের মালা পেলাম নারে। অনেক খুঁজেছি।

মালা দু'টি অনেক বড় হলো। ফটোতে দিতেই ফটো ছাড়িয়ে নিচ অব্দি ঝুলতে লাগল।

বসার ঘরটা সুন্দর করে সাজানো হলো। চেয়ার-টেবিল সরিয়ে মেঝেতে বিছানা করা হলো। ধূপ পোড়ানো হলো। স্মৃতি হিসেবে মায়ের পার্কার কলমটা রাখা হলো। এটি ছাড়া তাঁর স্মৃতি বিজড়িত আর কিছুই ছিল না বাসায়।

ঠিক আটটায় কিটকি আসল। সঙ্গে খালাও এসেছেন। বেশ কতকগুলি ছবিও এনেছে কিটকি।

উৎসবটা কিন্তু যেমন হবে ভেবেছিলাম তার কিছুই হলো না। খালার সঙ্গে

তোলা মায়ের ছোটবেলাকার ছবিগুলো দেখলাম সবাই।

মা'র কথা কিছু বলবার জন্যে অনুরোধ করতেই খালা তাঁর নিজের কথাই বলতে লাগলেন। ছোটবেলায় কেমন নাচতে পারতেন, কেমন অভিনয় করতে পারতেন, তাঁর করা 'ইন্দ্রানী'র পার্ট দেখে কোন ডাইরেক্টর তাঁকে ছবিতে নামার জন্য ঝোলাঝুলি করছিল, এই জাতীয় গল্প। খরাপ লাগছিল খুব। খালার থামার নাম নেই। শেষটায় কিটকি বলল, আপনি একটু রেস্ট নিন মা, আমরা খালুজানের কথা শুনি।

বাবা থতমত খেয়ে বললেন, না না, আমি কী বলব ? আমি কী বলব ? তোমরা বলো মা, আমি শুনি।

না খালুজান, আপনাকে বলতেই হবে। আমরা ছাড়ব না।

বাবা বিব্রত হয়ে বললেন, তোমাদের মা খুব বড় ঘরের মেয়ে ছিল। আমাকে সে নিজে ইচ্ছে করেই বিয়ে করেছিল। তখন তার খুব দুর্দিন। আমি খুব সাহস করে তাকে বললাম আমাকে বিয়ে করতে। হ্যাঁ, আমি তাকে খুব পছন্দ করতাম। সে খুব অবাক হয়েছিল আমার কথা শুনে। কিন্তু রাজি হয়েছিল সঙ্গে সঙ্গে। না, আমি তার কোনো অযত্ন করিনি। হ্যাঁ, আমার মনে হয় সে শেষ পর্যন্ত খুশিই হয়েছিল। যাক, কী আর জানি আমি। তোমরা বরং গানটা শুন। চোখে আবার কী পড়ল। কী মুশকিল!

বাবা চোখের সেই অদৃশ্য জিনিসটা নিয়ে ব্যস্ত হয়ে পড়লেন। মন্টু রেকর্ড চালিয়ে দিল। পুরনো রেকর্ড, তবু খুব সুন্দর বাজছিল। আমরা উৎকর্ণ হয়ে রইলাম। অল্প বয়সী কিশোরীর মিষ্টি সুরেলা গলা, 'এই তো এত পথ এত যে আলো...'। অদ্ভুত লাগছিল! ভাবতেই পারছিলাম না আমাদের মা গান গাইছেন। ফ্রক পরা পরীর মতো একটি মেয়ে হারমোনিয়ামের সামনে বসে দুলে দুলে গান গাইছে এমন একটি চিত্র চোখে ভাসতে লাগল।

বাবার দিকে তাকিয়ে দেখি, তাঁর চোখের সেই অদৃশ্য বস্তুটি ফোঁটা ফোঁটা অশ্রুকণা হয়ে ঝরে পড়ছে মেঝেতে।

বাবার হঠাৎ কেন জানি শখ হয়েছে রান্নার বই লিখবেন একটি। রকমারি রান্নার কায়দা কানুন নোট বইয়ে লিখে রাখছেন। বাজার থেকে অনেক বইপত্রও কিনে এনেছেন। পুরনো 'বেগম' থেকে ঘেঁটে ঘেঁটে 'নারকেল ইলিশ' বা 'ছানার ডালনা'র রন্ধন প্রণালি অসীম আগ্রহে খাতায় তুলে ফেলেছেন। এ ব্যাপারে তাঁকে সাহায্য করছে নিনু আর ওভারশিয়ার কাকুর ছেলের বউ। মাঝে মাঝে দু'একটি রান্না বাসায়ও রাঁধা হয়। সেদিন যেমন 'নোয়াপাতি মিষ্টি' বলে একটি মিষ্টি তৈরি হলো। খেতে ভালো হয়েছে বলায় সে কী ছেলেমানুষি খুশি।

ভালোই হয়েছে, কিছু একটা নিয়ে ব্যস্ত থাকছেন। রাবেয়াও তার পড়াশুনা নিয়ে ভীষণ ব্যস্ত। তার দেখা পাওয়াই মুশিকিল। যদি বলি, আয় রাবেয়া একটু গল্প করি। রাবেয়া আঁতকে ওঠে, দু'দিন পরেই আমার পরীক্ষা— এখন তোর সাথে আড্ডা দেই! পাগল আর কাকে বলে।

মন্টু রাতে বাসায় ফেরাই বন্ধ করে দিয়েছে। কয়েকজন বন্ধু মিলে নাকি এক ঘর ভাড়া করেছে। সেখানে গল্প-গুজব হয়। কাজেই বাসায় তার বড় একটা আসা হয় না। হঠাৎ এক আধদিন আসে। মেহমানের মতো ঘুরে বেড়ায়, বাবাকে গিয়ে বলে, মোট ক'রকম রান্নার যোগাড় হলো বাবা ?

একশো বারো।

ও বাবা, এত! একটা রান্না কর না আজ, খাই। কী কী লাগবে বলো, আমি বাজার থেকে নিয়ে আসি।

বাবা মন্টুকে নিয়ে মহা উৎসাহে রান্না শুরু করেন।

ঝুনু চলে যাবার পর পরই আমি একলা পড়ে গেছি।

সবাই সবার কাজ নিয়ে আছে। বাসায় আমার তেমন কোনো কাজ নেই। শুয়ে বসে সময় কাটাতে হয়। কাজেই আমি দেরি করে বাসায় ফিরি। সেদিন রাত এগারোটার দিকে ফিরেছি, দেখি রাবেয়া মুখ কালো করে বসে আছে আমার ঘরে।

কী হয়েছে, রাবেয়া ?

কিছু হয়নি। তুই হাত-মুখ ধুয়ে আয়, বলছি।

বল, শুনি কী ব্যাপার।

তুই কলেজে যাবার পর পরই খালা এসেছিলেন।

কী জন্যে ?

তুই জানিস না কিছু ?

না তো!

কিটকির বিয়ে। আগামীকাল রাতেই সব সেটেল হবে। খালা সবাইকে যেতে বলেছেন। গাড়ি পাঠাবেন।

অ।

এক রিটায়ার্ড ডিস্ট্রিক জজের ছেলে। ফরেন সার্ভিসে আছে। ফ্রান্সে পোস্টেড। ছুটিতে এসেছে, বিয়ে করে ফিরবে। ম্যানিলাতেই নাকি কিটকির সঙ্গে আলাপ হয়েছিল। ছেলে গিয়েছিল সেখানে কী কারণে যেন। কিটকির সঙ্গে জানা-জানি হয়। কিটকিরও ছেলে খুব পছন্দ!

এসব আমাকে শুনিয়ে কী লাভ রাবেয়া ?

কোনো লাভ নেই ?

না।

এরকম হলো কেন ? চুপ করে আছিস যে ?

আমি চুপ করে রইলাম। আমার কী করার আছে ? আমি কী করতে পারতাম। রাবেয়া এক দৃষ্টে তাকিয়ে আছে আমার দিকে। কেঁদে ফেলবে কি না কে জানে। রাবেয়া ফিস ফিস করে বলল, আমার আর এখানে থাকতে ভালো লাগছে না। আমি পাশ করলেই বাইরে কোথাও চলে যাব। থাকব একা একা। আর খোকা শুন—

বল।

তুই একটা গাধা, ইডিয়ট। আমি তোর মুখে থুতু দেই।

আমি গায়ের সার্ট খুলে কল ঘরের দিকে যাই। রাবেয়া আসে আমার পিছনে পিছনে। এক সময় ধরা গলায় বলে, খোকা তুই রাগ করলি ? ছিঃ রাগ করবি না। আমার কথায় রাগ করতে আছে বোকা ?

খোকা,

গত পরশু সন্ধ্যাবেলা পৌছেছি এখানে। স্টেশনে স্কুলের সুপারিনটেনডেন্ট এসেছিলেন নিজেই। ভারী ভালো মানুষ। সারাক্ষণ 'মা মা' বলে ডাকছেন। তাঁর নিজের টাকার স্কুল, নিজের জমির উপর দোতলা স্কুল ঘর। নিজের সমস্ত সঞ্চয় ঢেলে দিয়েছেন বলেই প্রতিটি জিনিসের উপর অসাধারণ মমতা। আর যেহেতু আমি স্কুলের একজন, কাজেই তাঁর ভালোবাসার পাত্রী।

ট্রেন থেকে খুব ভয়ে ভয়ে নেমেছিলাম। নতুন জায়গা, কাউকে চিনি না, জানি না। কিন্তু তাঁকে দেখে সব ভয় কেটে গেল। কাউকে কাউকে দেখলে মনে হয় যেন অনেক দিন আগে তার সঙ্গে গাঢ় পরিচয় ছিল, ঠিক সে-রকম। তিনি প্রথমে তাঁর বাসায় নিয়ে গেলেন। বাসায় তিনি আর সুরমা এই দু'টি মাত্র প্রাণী। সুরমা তাঁর মেয়ে। রাতের খাওয়া সেরে তিনি আমাকে হোস্টেলে পৌছে দিলেন। সতেরোজন ছাত্রী থাকে সেখানে। আমি হয়েছি তাদের হোস্টেল সুপারিনটেনডেন্ট। ছোট্ট একটা লাল ইঁটের দালান। সামনে গাঁদা ফুলের এক টুকরো বাগান। পেছনেই পুকুর। সমস্ত মন জুড়িয়ে গেছে আমার।

খোকা, তোদের সঙ্গে যখন থাকতাম তখন এক ধরনের শান্তি পেয়েছি, এ অন্যধরনের। এখানে মনে হচ্ছে জীবনের সমস্ত বাসনা কামনা কেন্দ্রীভূত হয়ে গেছে। আর বেশি কিছু চাইবার নেই। কাল রাতে ছাদে বসেছিলাম একা একা। কেন যেন মনে হলো একটু কাঁদি নির্জনে। মা'র কথা ভেবে, রুনুর কথা ভেবে দু'এক ফোঁটা চোখের পানি ফেলি। কিন্তু একটুও কান্না আসল না! কেন কাঁদব বল? প্রচুর দুঃখ আছে আমার। এত প্রচুর যে কোনো দিন কেউ জানতেও পারবে না। কিন্তু তবুও আমি খোকার মতো ভাই পেয়েছি, কিটকির বিয়ে হয়ে যাচ্ছে শুনে যে ভাই আমাকেই

সান্ত্বনা দিতে আসে। রুনু, ঝুনু, মন্টু, নিনু এরা আমার পারুল বোন চম্পা ভাই। চারদিকে এমন চাঁদের হাটে কি কোনো দুঃখ থাকে ? মন্টু একটি কবিতার বই উৎসর্গ করেছে আমাকে। সবগুলি কবিতা হতাশা আর বেদনা নিয়ে লেখা। আমার ভেতরের সবটুকু সে কী করে দেখে নিল ভেবে অবাক আমি। সেই যে দু'টি লাইন—

'দিতে পারো একশো ফানুস এনে ?
আজন্ম সলজ্জ সাধ একদিন আকাশে কিছু ফানুস উড়াই।'

যেন আমার বুকের ভেতরের সুপ্ত কথাটিই সে বলে গেছে। দোয়া করি মস্ত বড় হোক সে।

এমন কেন হলো খোকা ? সব এমন উল্টে পাল্টে গেল কেন ? রুনুটার স্মৃতি কাঁটার মতো বিঁধে আছে। আমাদের হোস্টেলের একটি মেয়ে সুশীলা পুরকায়স্থ, অবিকল রুনুর মতো দেখতে। তাকে কাল ডেকে অনেকক্ষণ আদর করেছি, মন্টুর কবিতার বই পড়তে দিয়েছি। সে বেচারি ভারি অবাক হয়েছে। সে তো জানে না, তাকে বুকের সঙ্গে মিশিয়ে সারারাত কাঁদবার কী প্রচণ্ড ইচ্ছাই না হচ্ছে !

নিনুটার কথাও মনে হয়। এত অল্প বয়সে কী ভারিক্কি হয়েছে দেখেছিস ? আমি যেদিন চলে আসব সেদিন দুপুরে সে গম্ভীর হয়ে একটা সুটকেস আমার বিছানায় রাখল। আমি বললাম, কী-রে নিনু, সুটকেসে কী ?

কিছু নয়। আমার কাপড়-চোপড় আর বই। এটিও তুমি সঙ্গে নেবে।

সে-কী! এটা নিয়ে কী করব ?

বাহ, আমিও তো থাকব তোমার সঙ্গে।

কাণ্ড দেখলি মেয়ের ? কাউকে কিচ্ছু বলেনি। নিজে নিজে সমস্ত গুছিয়ে তৈরি হয়ে রয়েছে। আমার সঙ্গে যাবে। এ সমস্ত দেখলেই মন জুড়িয়ে যায়। মনে হয় কিসের দুঃখ কিসের কী ? মমতার এমন গভীর সমুদ্রে দুঃখ তো টুপ করে ডুবে যাবে। হাসছিস মনে মনে, না ? আমিও কবি হয়ে গেলাম কি না ভেবে। সব মানুষই তো কবিরে বোকা। বাবার কথাই মনে কর না কেন।

রাতেরবেলা একা একা কলতলায় বসে গান গাইতেন— 'ও মন মনরে...।' আমি ঠাট্টা করে বলতাম 'নৈশ সঙ্গীত'।

কাজেই আমি বলি সব মানুষই কবি। কেউ কেউ লিখতে পারে, কেউ পারে না।

তোর খুব বড়লোক হবার শখ ছিল, তাই না খোকা ? ঠিক ধরেছি তো ? আমি তোকে বড় লোক করে দি, কেমন ? রেজিস্ট্রি করে একটা চেক পাঠাচ্ছি। দু'এক দিনের ভেতরে পেয়ে যাবি। কত টাকা আন্দাজ কর তো ? তুই যত ভাবছিস তারচে' অনেক বেশি। চেক পেয়েই জানবি। নারে ঠাট্টা করছি না। আগের মতো কি আর আছি ? ঠাট্টা-তামাশা একটুও পারি না এখন। টাকাটা আমি তোকে দিলাম খোকা। আমার আর দেবার মতো কী আছে বল ? তোর খুব ধনী হওয়ার শখ ছিল। সেই শখ মিটাতে পারছি বলে ভারি আনন্দ হচ্ছে। খুব যখন ছোট ছিলি তখন একবার ফুটবল কেনার শখ হলো তোর। মা'র কাছে সাহস করে তো কিছু চাইতি না। আমাকে এসে বললি কানে কানে। আমি টাকা পাব কোথায় ? যা কষ্ট লাগল। এখন পর্যন্ত বাচ্চা ছেলেদের ফুটবল খেলতে দেখলে বুক ব্যথায় টনটন করে। তোর নিশ্চয়ই মনে নেই সে-সব। সোনা ভাই, আমার এ টাকাটা সমস্তই তোর, যেভাবে ইচ্ছে খরচ করিস। নিনু, ঝুনু, মন্টু আর বাবাকে ভাগ করে দেব ভেবেছিলাম। কিন্তু তাদের দেয়া আর তোকে দেয়া একই ভেবে দেইনি। কোত্থেকে পেয়েছি ? তুই কী ভাবছিস আগে বল ?

নারে চুরি করিনি! আমাকে কেউ ভিক্ষেও দেয়নি। এ আমার নিজের টাকা। মা'র কথা সময় হলে তোকে বলব বলেছিলাম না ? এখন বলছি, তাহলেই বুঝবি কী করে কী হয়েছে। বাবার সঙ্গে বিয়ের আগে তাঁর আবিদ হোসেনের সঙ্গে বিয়ে হয়েছিল। তাঁদের একটি মেয়েও হয়েছিল। ছাড়াছাড়ি হয়ে যায়। কী জন্যে তা তোর জানার দরকার নেই। বাবা মাকে বিয়ে করে নিয়ে আসেন পরপরই। বুঝতেই পারছিস আমি হচ্ছি সেই মেয়ে। খুব অবাক না ? আমার সেই বাবা ভদ্রলোক এতদিন ঢাকাতেই ছিলেন। সব ছেড়ে ছুড়ে দিয়ে কিছুদিন হলো বাইরে চলে গেছেন। যাবার আগে এই টাকাটা দিয়ে গেছেন আমাকে। সেই লোকটিও ভালো ছিলরে। আসত প্রায়ই আমাদের বাসায়। দেখিসনি কোনো দিন ?

নীল রঙের কোট পরত, গলায় টকটকে লাল রঙের টাই। আমাকে ডাকত 'ইমা' বলে। গল্পের মতো লাগে, না ?

এগারো বছর বয়স থেকেই আমি জানি সব। কেমন লাগে তখন বল তো ? তোদের যিনি বাবা, আমি নিজে তাঁকে বাবা বলেই ভেবেছি আর তিনি একটুও বুঝতে দেননি কিছু। সেই যে একবার কলেজে আমাকে 'মা কালী' ডাকল, তোরা সবাই দুঃখিত হলি, বাবা কী করলেন বল তো ? তিনি রাতেরবেলা আমাকে ডেকে নিয়ে গেলেন বারান্দায়। ইতস্তত করে বললেন, ইয়ে মা, রাখ তো এটা।

কী বাবা ?

না ইয়ে, একটা ক্রিম, খুব ভালো, বিশ টাকা দাম।

তাকিয়ে দেখি চ্যাপ্টা মুখের বোতল একটা। মুখের উপর লেখা Seven day beauty programme. চোখে পানি এসে গেল আমার। সেই কৌটাটা এখনো আছে আমার কাছে, ভারি মূল্যবান সেটি, যেন বাবা বিশ টাকায় এক কৌটা ভালোবাসা কিনে এনেছেন। জন্মে জন্মে এমন লোককেই বাবা হিসেবে পেতে চাই আমি। মানুষ তো কখনো খুব বেশি কিছু চায় না, আমি নিজেও চাইনি। মাঝে মাঝে মনে হয়— না চাইতেই তো অনেক পেয়েছি।

কিটকি ভুল করল। কী করবি বল ? ভুলে যেতে বলি না। ভুলবি কেন ? ভালোবাসা কি ভুলবার জিনিস ? রুনুকে কি আমরা ভুলতে পারি ? না ভোলা উচিত ? কিটকি ভারী ভালো মানুষ। মেয়েটি যেন সুখী হয়। এখনো তো তার বয়স হয়নি, বুঝতেও শিখেনি কিছু। কষ্ট লাগে ভেবে।

মা'র কথা তোর মনে পড়ে খোকা ? চেহারা মনে করতে পারিস ? আমি কিন্তু পারি না, স্বপ্নেও দেখি না বহুদিন। খুব দেখতে ইচ্ছে হয়। জানি মা'র প্রতি তোদের সবার একটা অভিমান আছে। তোদের ধারণা মা কাউকে ভালোবাসতে পারেনি। হয়তো সত্যি, হয়তো সত্যি নয়। ছোট খালা একদিন মাকে জিজ্ঞেস করেছিল, শিরিন, তুমি তোমার ছেলেমেয়েদের একটুও দেখতে পার না!

মা জবাবে হেসে বলেছেন, এদের এমন করে তৈরি করে দিচ্ছি যাতে ভালোবাসার অভাবে কখনো কষ্ট না পায়।

মা বড় দুঃখী ছিলরে খোকা! মেয়েমানুষের দুঃখ তো বলে বেড়াবার নয়, ঢেকে রাখবার, চিরদিন তিনি তাই রেখে গেছেন। তোরা জানতেও পারিসনি। এত গান পাগলা মা তেইশ বছরে একটি গানও গাইল না। প্রথম স্বামীকে ভুলতে পারেনি। যদি পারত তবে জানত সুখের স্বাদ কত তীব্র। যাই হোক, যা চলে গেছে তা গেছে। যারা বেঁচে আছে তাদের কথাই ভাবি।

কিছুক্ষণ আগে নিচে ঘণ্টা দিয়েছে, খেতে যাবার সংকেত। আমার খাবার ঘরেই দিয়ে যায়। তবু নিচে গিয়ে একবার দেখে আসি। আজ আর খাব না। শরীরটা ভালো নেই। একটু যেন জ্বর জ্বর লাগছে। মাঝে মাঝে অসুখ হলে মন্দ লাগে না। অসুখ হলেই অনেক ধরনের চিন্তা আসে যেগুলি অন্যসময় আসে না।

হোস্টেলের খুব কাছ দিয়ে নদী বয়ে গিয়েছে। সুন্দর নাম। এই মুহূর্তে মনে আসছে না। রাতেরবেলা সার্চ লাইট ফেলে ফেলে লঞ্চ যায়, বেশ লাগে দেখতে। দেখতে পাচ্ছি লঞ্চ যাচ্ছে আলো ফেলে। তোরা ঢাকায় থেকে তো এসব দেখবি না।

আজ এই পর্যন্ত থাক। শরীরের দিকে লক্ষ রাখিস। বাজে সিগারেট টানবি না। কম খাবি, কিন্তু দামি হতে হবে। টাকার ভাবনা তো নেই। ছোটবেলা চুমু খেতাম তোর কপালে, এখন তো বড় হয়ে গেছিস। তবু দূর থেকে চুমু খাচ্ছি।

তোর রাবেয়া আপা

ঠিকানা

সুপারিনটেনডেন্ট, গার্লস হোস্টেল

আদর্শ হাই স্কুল

পোস্ট : কলসহাটি

জেলা : ময়মনসিংহ

গভীর রাতে ঘুম ভেঙে যায় প্রায়ই। ছাড়া ছাড়া অর্থহীন স্বপ্ন দেখতে দেখতে হঠাৎ জেগে উঠি। পরিচিত বিছানায় শুয়ে আছি এই ধারণা মনে আসতেও সময় লাগে। মাথার কাছের জানালা মনে হয় সরে গিয়েছে পায়ের কাছে। তৃষ্ণা বোধ হয়।

টেবিলে ঢাকা দেয়া পানির গ্লাস। হাত বাড়িয়ে টেনে নিলেই হয় অথচ ইচ্ছে হয় না।

কোনো কোনো রাতে অপূর্ব জোছনা হয়। সারা ঘর নরম আলোয় ভাসতে থাকে। ভাবি, একা একা বেড়ালে বেশ হতো। আবার চাদর মুড়ি দিয়ে নিজেকে গুটিয়ে ফেলি। যেন বাইরের উথাল পাথাল চাঁদের আলোর সঙ্গে আমার কোনো যোগ নেই।

মাঝে মাঝে বৃষ্টি নামে। একঘেয়ে কান্নার সুরের মতো সে শব্দ।

আমি কান পেতে শুনি। বাতাসে জাম গাছের পাতার সর সর শব্দ হয়। সব মিলিয়ে হৃদয় হা হা করে উঠে। আদিগন্ত বিস্তৃত শূন্যতায় কী বিপুল বিষণ্ণতাই না অনুভব করি। জানালার ওপাশের অন্ধকার থেকে আমার সঙ্গীরা আমায় ডাকে। একদিন যাদের সঙ্গ পেয়ে আজ নিঃসঙ্গতায় ডুবছি।

'শঙ্খনীল কারাগার' রফিক কায়সারে একটি কবিতার নাম। কবির অনুমতিক্রমে নামটি পুনঃ ব্যবহৃত হলো।

Made in the USA
Monee, IL
04 November 2026

67379629R00049